Åt Skogen

*När en lögn upprepats tillräckligt ofta
förvandlas den till sanning.*

G A Lorén

Åt Skogen

Omslag bild och design. G A Lorén

Förlag: BoD – Books on Demand, Stockholm, Sverige
Tryck: BoD – Books on Demand, Norderstedt, Tysk-
land

ISBN: 978-91-7851-128-0

Innehåll

Tjärnfall

Det är lika ansträngande att spela så dum som det krävs för att passa in i vissa sällskap som det är att skärpa sina sinnen för att smälta in i andra. Värst i de underpresterande kretsarna är snarstuckna getskallar som läser vänliga inpass som personliga påhopp. Efter en stund vågar man inte fråga om de åker spårvagn eftersom det kan tolkas som att de inte har råd att hålla sig med bil.

Detta var tankar som for igenom mitt huvud när jag satt på ett kafé och tittade ut över stora hamn-kanalen. Anledningen var en person som lämnat lokalen i vredesmod efter att hans sällskap frågat hur han trivdes på jobbet. Jag försökte inte ens gissa varför en sådan oförarglig fråga kunde reta honom. Kanske chefen varit dum. Jag var på gott humör och ville inte förstöra känslan. Personen som ställt frågan gick fram till disken och beta-lade. När han passerade mitt bord gjorde han en gest som innehöll en hel roman om man gjort sig möda att tolka den.

En ensam kvinna som satt med ryggen emot mig var den enda gästen förutom jag. Hon bläddrade förstrött i en veckotidning och mumsade på ett wienerbröd. Det var så stillsamt som det kan vara på ett kafé en förmiddag mitt i veckan. Dörren öppnades och en man i fyrtioårsåldern tittade sig omkring som om han sökte någon. Kvinnan kastade en blick och återgick till sin tidning. Det var tydligt att de inte kände varandra. Det skulle ändras. Han gick fram till hennes bord.

"Christine Rolf?"

Hon ryckte upp huvudet och stirrade på honom. När han gjorde en frågande gest mot den lediga stolen mittemot henne slog hon ihop tidningen.

"Jag skulle just gå."

Han log ursäktande.

"Jag är ledsen att jag besvärar men jag har viktig information."

Kvinnan vände sig om och kastade en blick på mig. Jag hade laddat ner en app till min surfplatta och pillade koncentrerat för att få ordning på den. Hon gjorde en gest mot den tomma stolen. Hennes röst var lika skarp som hennes uttryck.

"Hur vet du vad jag heter?"

"Averander berättade. Han beskrev dig också men jag måste tillstå att han inte gjorde din skönhet rättvisa. Mitt namn är Leopold Matts."

Det ryckte till i min mungipa. Han lät som om han läste sina insmickrande repliker ur ett manus. Flickan var långt ifrån vacker. Alldaglig på gränsen till intetsägande. Nykomlingen frågade om han fick bjuda på en kopp kaffe och vinkade överdrivet till servitrisen. Hennes huvud ryckte till när hon gick för att utföra beställningen. Jag konstaterade att Matts inte hörde till sorten som väcker spontana sympatier. Hans motvilliga sällskap gjorde samma reflektion.

"Vilken information?"

Han gned sina händer som en präst på väg att leverera ett otäckt budskap.

"Det slumpar sig så att vi delar mer än en bekantskap. Den andre är Sven Bendow."

Nu vaknade jag till liv på allvar. Jag följer med i intressanta kriminalfall och lusläser media när något ovanligt har hänt. Namnet Sven Bendow hade varit aktuellt några veckor tidigare när hans kropp hade hittats i en skogstjärn. En biologilärare hade varit ute för att studera trollsländor när han gjort det hemska fyndet. Bendows kropp hade legat nästan ett år i vattnet. Polisen hade inga spår och inga misstänkta. Jag pillade med min platta. Nu för att leta upp artikeln om fyndet. Christine hade vridit huvudet lite så att jag kunde se hennes profil. Hennes fräknar tycktes mörkna i takt med tilltagande motvilja.

"Vad är det med honom?"

Jag passade också på att studera Matts. Han hade en gulaktig hudfärg och var påtagligt nervös.

"Det är kanske bäst att du kontaktar din advokat. Jag har nämligen anspråk på arvet efter Bendow."

Christine sänkte rösten men det var så tyst i lokalen att man kunde höra en fjäder falla. Motviljan övergick till återhållen ilska.

"Det finns ett testamente som gör mig till enda arvinge. Dessutom är Averander min vän, inte min advokat."

"I det här ärendet kommer han att representera dig som advokat om det blir rättssak. Det berättade han."

"Rättssak?"

"Juridiska åtgärder jag måste vidta om mina krav inte tillgodoses. Men jag är säker på att vi kan göra upp i godo."

Servitrisen anlände med kaffet. Christine hade nästan flickans armbåge i ansiktet när hon fortsatte i samma hätska ton.

"Vilka krav?"

"Det är en lång och komplicerad historia. Min far lämnade min mor innan jag föddes. Han var tjugosex då, vilket innebär att han skulle varit sextiosex idag."

Jag såg på Christine att hon anade vad som var på väg. En spårvagn susade förbi utanför fönstret. Hennes röst hade blivit isande kall.

"Sven Bendow är din biologiske far? Kan du bevisa det?"

Jag såg på Leopold att det här inte var väntat. Tjejer inte alltid är söta och snälla. Den här var stentuff.

"Förstå mig rätt. Jag vill bara lära mig lite om min far. Vilken slags människa han var. Det är inte lätt att växa upp utan far skall du veta, Christine."

Jag anade att bruket av hennes förnamn inte förbättrade hans status. Särskilt som det uttalades omotiverat kärvänligt.

"Jag vet ganska väl hur det är att växa upp utan far. Bendow kan ha varit min far men han behandlade mig aldrig som sin dotter eller min mor som något annat än sin konkubin. Testamentet kom som en överraskning för oss alla."

Jag tolkade Matts leende som att informationen var till hans fördel. Ordet *konkubin* aktiverade mina spekulationer; inte bara för att det var uråldrigt utan även för att det bidrog till att ge en bild av Bendow och Christines mor. Matts ändrade sitt leende till deltagande.

"Det var tråkigt att höra om din mor. Det måste ha varit ett fruktansvärt slag för dig."

Christine såg ut som om hon tänkte snäsa av honom.

"Det var förlusten av Sven också. Trots sitt formella sätt var han alltid vänlig och generös."

"Träffade du honom ofta?"

"Han dök upp då och då. Men han nämnde aldrig att det fanns en son."

Det var tydligt att Matts hade begränsad erfarenhet av sociala konflikter. Han såg nästan gråtfärdig ut.

"Han visste inte. Enligt svensk lag har jag rätt till hälften av dödsboet, oavsett testamente."

Det senare trodde jag inte på. Ett testamente gör skillnad. Jag kom ihåg att en villa i mångmiljonklassen hade nämnts. Christine var tyst en lång stund. Hennes röst var lite mildare när hon tog till orda igen.

"Hur fick du reda på att du är hans son, om du är det?"

"Min mor nämnde hans namn men det var tillfälligheter och tidningsartiklar som ledde mig på rätt spår."

Jag tittade ut genom fönstret som om jag fått syn på något intressant. Även jag spelade en roll. Den försynte deckarens instinktiva roll. Tidningsartiklar lät inte som bevis. Jag undrade om hans mor var död. Om hon levde kunde hon bringa klarhet. Som om han läst mina eller Christines tankar svarade han ivrigt.

"Jag vet att det inte räcker som bevis men blodgruppen stämmer och det finns likheter."

Jag förstod på Christines reaktion att det fanns sådana likheter. Knepig situation, tänkte jag. Du får nog dela med dig. Hon återgick till skarp attityd.

"Hur fick du reda på hans blodgrupp?"

"Jag frågade polisen när jag var på bårhuset."

"Vad gjorde du där? Du kunde inte identifiera honom."

"Jag ville bara få en glimt av min far men de tillät inte. Han var inte presentabel efter året i tjärnen."

Det slog mig att det var ovanligt tyst ute på gatan. En buss stannade vid en hållplats och släppte av en person som snabbt försvann runt ett hörn. Matts harklade sig försynt.

"Visste du att dödsorsaken var ett kraftigt slag i bakhuvudet, troligen en hammare."

Det gick inte att utläsa av hennes reaktion om detta var nyheter.

"Känner du till regionen där han försvann?"

Han skakade så energiskt på huvudet att en test av det tunna ljusa håret åkte ner i pannan.

"Har aldrig varit där. Om man är född vid kusten har man inte i skogen att göra. Det är så mörkt och dystert."

"Låter inkrökt. Skogsregioner har sin tjusning precis som alla andra landskapstyper."

Han spelade upp sin version av generad småpojke igen. Såg mest dum ut.

"Har du varit där?"

Frågan väckte hennes avoghet.

"Vad menar du med det?"

Han ryckte på axlarna.

"Ingenting. Bara en vänlig fråga."

Hon ångrade sitt utbrott. Anade kanske att det kunde tolkas som att hon försökte dölja något.

"Har ingen aning om var det ligger."

Ordkriget byttes mot ett krig med blickar. Hennes reaktion var märklig med tanke på att hon ställt samma fråga till honom. Han smakade på kaffet.

"Har du funderat på att åka dit?"

"Vart?"

"Till tjärnen där kroppen hittades."

"Varför skulle jag åka dit? Han är inte där längre och tjärnar ser likadana ut."

Matts ryckte på axlarna.

"Undrar varför han hamnade i just den tjärnen?"

Nu vaknade mitt deckarsinne på allvar. Varför bry sig om en sådan bagatell? Bendow hade hamnat i en tjärn. Punkt slut. Det var som att fråga en bilist varför han hade parkerat på just den p-rutan. Christine satte ord på mina funderingar.

"Det var väl en dåre med lokal kännedom som dödade honom. Om inte läraren hittat honom hade han legat kvar för alltid."

Matts såg både skrämd och nyfiken ut. Kanske frågan om vilken tjärn inte hade varit så ogenomtänkt. Lokalkännedom tycktes vara väsentlig.

"Undrar vad han gjorde i den trakten? Det är sju mil från Göteborg. Vet du om han hade några släktingar där?"

Jag fick en känsla av att frågorna inte var så oskyldiga som de lät. Hans tonfall lurade mig. Med lite skarpare röst hade det låtit som ett förhör. Christine smällde sin kopp mot fatet.

"Han hade inga släktingar. Hade han haft några hade de flockats som hyenor kring ett as vid det här laget. Det är det som händer när ensamma, rika människor dör. När de lever är det ingen som bryr sig om dem men innan kroppen har stelnat poppar gamarna upp."

Han kände sig troligen som en av gamarna.

"Kan du tänka dig någon som hade ett motiv att döda honom?"

Hennes ansikte blev allt mörkare. Jag gissade att hon hejdat frasen att personen med motiv satt mittemot henne just nu.

"Jag känner ingen av hans affärskompanjoner. Ett avtal säger att om en delägare dör går hans del av företaget till övriga delägare.

"Är Averander en av delägarna?"

Frågan väckte hennes fientliga attityd igen. Den här gången kanske mer berättigad.

"Nej, han är juridiskt ombud och rådgivare."

"Men de var vänner, inte sant?"

"Såvitt jag vet kände de varandra sedan decennier. Varför frågar du?"

Det skyldiga leendet blixtrade till igen.

"Jag undrade bara om han skulle tjäna något på sin väns död."

"Det är ganska magstarkt att insinuera något sådant. Vad skulle han tjäna? Han förlorade en inkomstkälla."

"Jag bara undrade. Sven Bendow var min far och jag vill veta vad som hände honom. Om han var din far också betyder det att vi är syskon."

Jag höll andan. Om hon inte varit förbaskad förut så blev hon det nu.

"Det är bara ett antagande att Bendow är min far."

"Vilken är din blodgrupp?"

"Det angår dig inte. Vet du vad, dina frågor är lite för närgångna för min smak. Och tänk aldrig på mig som din syster."

"Förlåt, jag menade inget illa." Han reste sig och pillade fram ett kort. "Om du vill nå mig kan du göra det alla tider på dygnet."

Han skyndade fram till disken och betalade med nervösa rörelser. Handtaget på ytterdörren höll på att lossna när han ryckte tre gånger innan han insåg att dörren öppnades åt andra hållet.

Jag låtsades försjunken i min surfplatta. Folk drar sig lika mycket för att störa någon som sitter med en surfplatta som de tvekar att störa ett okänt sällskap. När kvinnan reste sig och gick noterade jag att hon hade en nätt kropp och rörde sig mjukt.

Det hade varit riktigt underhållande att lyssna till dramat, i synnerhet som jag var insatt i ärendet. Därmed trodde jag att fallet Bendow var avslutat för min del. Som vanligt hade ödet något annat i beredskap.

Konsert med efterspel

John Steinbeck lär ha sagt att musik är människans finaste uppfinning. Det håller jag med om men när jag talar om musik så menar jag storbandsjazz och annan svängig musik. Musik som gör mig glad och som jag njuter av tillsammans med likasinnade. Jens har helt annan smak, färgad av uppväxten i Köpenhamns övre sociala skikt. Fast jag vet att jazz är populärt i Danmark också. Många duktiga jazzmusiker kommer därifrån.

Efter en diskussion på puben om vad som är njutbar musik erbjöd jag mig att följa med honom till konserthuset för att genomlida en föreställning. Bland argumenten hade jag kunnat urskilja *'alla göteborgares skyldighet att besöka konserthuset, njuta av den utmärkta symfoniorkestern och den berömda akustiken'*. Jag nämnde inte att jag varit där och lyssnat på jazzmusik. Hans motprestation skulle vara att följa med mig och lyssna på storband eller tradjazz.

På programmet stod Mahlers tredje symfoni. Beethoven och Mozart har jag en aning om men Mahler är en vit fläck på min karta.

Varje gång orkestern avslutade en omgång trodde jag att det var den sista. Den första var en halvtimme lång. Åtminstone kändes det så. Den som pågick nu var kortare och avslutades med en utdragen ton. Jag tackade högre makter och höjde händerna till applåd. En av instruktionerna var att inte applådera förrän symfonin var slut. En stark hand grabbade tag i min handled och orsakade en motreaktion. Jag gungade åt andra hållet och stötte till en ung kvinna. Ett fånigt leende ursäktade. Jag lutade mig mot Jens och väste ilsket.

"Säg inte att det är en låt till? Dom har redan spelat fem."

Han lutade sig mot mig och väste tillbaka.

"Satser, Freddy. I symfonisk musik spelar man inte låtar. Man nynnar inte med i klassisk musik. Mahlers tredje har sex satser. En av de längsta och vackraste..."

Han avbröts av att oljudet satte igång igen. Jag höll med om att det inte var lämplig musik att nynna till. Hade den inte varit så högljudd hade man möjligen kunnat sova till den. Jag kunde inte hålla tillbaka misstanken att han valt just den här konserten för att plåga mig. Jag tittade mig omkring och såg allvarliga ansikten, överlägsna ansikten, förälskade ansikten, förväntansfulla ansikten och saliga ansikten. Alla hade sin koncentration riktad mot scenen. Med ett undantag. En man i femtioårsåldern såg lika ointresserad ut som jag. Han satt inklämd mellan två bastanta damer som såg desto mer entusiastiska ut. Troligen var han släpad till platsen under hot om skilsmässa eller uteblivna fröjder i sängkammaren. Så här såg inte

18

publiken ut på Dixie House när orkestern gjorde paus efter 'Stomping at the Savoy'.

Min blick vilade en stund på den inklämde mannen. Det kändes tryggt att inte vara ensam i min uppfattning om den här sortens musik. Han till och med gäspade. Jag log och sneglade på kvinnan jag råkat knuffa till. Hon tittade på mig i samma ögonblick och uppfattade tydligen mitt leende som ett försök till kontakt. Då kände jag igen henne. Det var kvinnan från kaféet. Christine Rolf med de bitska svaren. Jag tolkade hennes nick som att hon kände igen mig också och att hon inte skulle ha något emot en närmare bekantskap. Låter kanske mycket att läsa in i en knappt märkbar huvudrörelse men när det gäller tjejer griper jag efter alla halmstrån. Och hon hade ett intagande leende.

Tillställningen kändes inte lika trist längre och om det funnits någon takt att stampa med i hade jag gjort det. Jag kände hur humöret steg och sneglade på Christine när hon riktade blicken mot orkestern igen. Hon såg frisk och stark ut. Håret var klippt i en pojkaktig frisyr, den ribbstickade tröjans utbuktning avslöjade en lagom stor byst och hennes lår töjde tyget i byxorna på ett trevligt sätt. När jag tittade på hennes ansikte igen såg jag att hon studerade mig som om hon undrade om anblicken var tilltalande. Jag log ansträngt och höll tillbaka mitt fåniga skratt men det hade jag inte behövt göra. Det hade inte hörts i det oväsen som just uppstått. Det avslutande larmet förstod jag när det plötsligt tystnade och ersattes av ett annat oväsen. Öronbedövande applåder.

NÄR VI EN STUND SENARE strosade ner för trapporna vände jag mig om för att försöka få syn på henne. Just när jag gett upp och avslutat med att förbanna min vanliga otur fastnade blicken på dem som gick närmast bakom mig. Där var hon med sitt blyga leende. Hon gick så nära mig att jag kunde rört vid henne om jag sträckt ut armen. Hon var lika angelägen att inte förlora mig ur sikte.

Vi hade hängt våra ytterkläder i samma garderob och jag betalade för alla tre. När jag hjälpte henne på med den enkla grova kappan upprepade jag min ursäkt för att jag knuffat till henne.

"Jag heter Freddy Larsson. Det här är min gode vän Jens."

Jag vet att det är riskabelt att presentera snygge, charmige Jens för tjejer men Christine gav honom bara en artig nick. För en gångs skull var Freddy i fokus för en kvinnas uppmärksamhet. Hon rörde vid min arm.

"Jag heter Christine Rolf."

Jag undrade om jag skulle nämna att vi träffats eller åtminstone sett varandra men det skulle avslöja mig som tjuvlyssnare. För övrigt hade vi bara råkat se varandra på ett kafé. Som att titta förstrött på en medpassagerare på spårvagnen. Jag valde det chevalereska spåret. I mitt fall tystnad. Vi var på väg till en restaurang där Jenny väntade på oss. Hon hade tackat nej till konserten men hon tackar aldrig nej till en bit mat och ett glas vin. Jag berättade vart vi var på väg.

"Har du lust att göra oss sällskap? Äta en bit och diskutera konserten över ett glas vin?"

Hon tackade ivrigt ja. Det slog mig att hon verkade vara lika ensam som jag. Jens lever också ensam men han ger inte intryck av singel när vi är ute bland folk. För att han ser bra ut och är populär, gissar jag. Jag kan stå bland sextiotusen på Ullevi och se lika övergiven ut som när jag strosar i ett folktomt Slottsskogen.

Det var september och fortfarande varmt trots den sena timmen. Massor av människor rörde sig på Avenyns breda trottoarer. Uteserveringarna var fullsatta och stämningen hög. Inga globala problem var för svåra. Alla visste vad presidenterna borde göra för att lösa konflikterna. Om ett år skulle andra debattörer sitta på samma platser och förklara vad presidenterna borde ha gjort i stället. Fast då skulle nya konflikter vara i fokus.

Restaurangen låg på en sidogata. Jenny vinkade från ett bord i längst in i lokalen. En flaska vitt stod framför henne. Jens presenterade Christine medan han drog ut hennes stol. Hon verkade förtjust över att bli upptagen i en gemenskap med så vackra människor som Jens och Jenny och hade svårt att ta ögonen från Jenny när hon satte sig mittemot henne. Men Jenny är inte bara söt, hon är klipsk och trevlig också. Alla tycker spontant om henne. Jens placerade sig bredvid Jenny för att ha ögonkontakt med Christine. Och med mig, förstod jag av hans inledningsreplik.

"Det var en bra konsert. Skall bli roligt att höra din och Freddys åsikt."

Min gissning att Christine inte var van vid kinesiska restauranger bekräftades när hon skulle välja bland godbitarna på menyn. Det fanns för all del mycket att välja på och kinesiska specialiteter kan vara svåra att förstå sig på. Hon överlät valet åt mig. Jag såg på Jenny att hon tolkade situationen som att parbildning pågick. Hon hade den muntra minen som när som helst kunde övergå i det famösa tokskrattet. Jag förstod att jag måste vakta min tunga.

Jag beställde trerätters till alla vilket accepterades med nådiga nickar av Jens och Jenny och en förtjust nick från Christine. När vi fått våra drycker, vin till alla utom Jens som dricker sitt danska öl till allting, höjde jag glaset och tittade de övriga – särskilt Christine – i ögonen.

"Får jag föreslå en skål för Beethoven, min favoritkompositör."

Jag såg att det ryckte i Jens mungipor. Han visste att jag med den frasen hade tömt mina kunskaper i ämnet symfonisk musik. Men jag hade låtsats vara intresserad av vad som helst för att samla poäng hos min nya bekantskap. Jenny gömde sin glada min bakom glaskanten när hon smuttade på vinet. Hennes musiksmak ligger åt det moderna rock- och pophållet. Jens slickade ölskum från överläppen.

"Är han din favorit också, Christine?"

Hon log skyggt. Anledningen var att hon inte odelat höll med mig.

"Jag tycker bra om hans stråkkvartetter, mindre om symfonierna. Jag tycker bättre om Elgar, Grieg och Sibelius. Och några andra."

Hon nämnde inte vilka. Varje mening avslutades med en charmig, flickaktig knorr. Så hade hon inte pratat med Matts på kaféet. Jens nickade.

"Elgar är en av mina favoriter. Cellokonserten i e-moll kan jag lyssna på hur ofta som helst. Går du ofta på konsert?"

"Jag har säsongsbiljett. Jag går varje torsdag och ibland på lördagar."

Det irriterade mig att Jens ställde frågorna jag arbetat på sedan vi traskat ut på Götaplatsen. Idag var det torsdag. Jag gjorde en slapp gest.

"Jag går helst på lördagar. Det passar min planering bättre."

Christine nickade tveksamt.

"Annars anses torsdagskonserterna intressantare. Det är då de spelar Hindemith och Bruckner och Stravinsky, till exempel."

Jag kom ihåg en av minerna jag sett hos besökarna på konserten och försökte imitera den. Ödmjuk beundran var budskapet.

"Ja, käre gamle Hindemith. Det är vad jag kallar musik."

Jag råkade titta på Jens när jag sade det. Hans uttryck fick mig att minnas något han sagt om att jag borde rama in ett motto och hänga på väggen.

Hans förslag hade varit *'det är inte viktigt vad du är utan vad du kan få andra att tro att du är '*. Jag bestämde mig för att undvika hans blickar. Christine sken upp.

"Tycker du verkligen det? Annars är det inte många som uppskattar hans musik. Är det någon särskild komposition som tilltalar dig?"

Nej, men jag borde ha en särskild spark i ändan så att jag lär mig hålla mun. Det var svårt att undvika att titta på Jens och Jenny eftersom de satt mittemot så min blick fastnade på en grön drake på väggen bakom dem. Det är inte ovanligt att jag trampar i klaveret men det är ovanligt att det går så fort som nu. Jag kände att en harkling skulle ta omvägen upp i falsett men kände mig tvungen att säga någonting. Jag försökte knäppa med fingrarna för att det skulle se ut som om jag letade efter någon komposition men fingrarna hade börjat svettas så det hördes ingenting. Jag såg ut som en girigbuk som gnider tummen mot pekfingret.

"Åh, vad heter den...jag har så svårt för namn och nummer."

Jenny kunde inte hålla sig.

"Menar du hans telefonnummer?"

Med blicken talade jag om att hon inte skulle lägga sig i. Christine låtsades att hon inte hört kommentaren.

"Men du har inte glömt Stravinskys underbara balettmusik?"

Jag nickade och föreslog en skål för Stravinsky, vem det nu är.

"Självklart inte."

Jag försökte hypnotisera henne att klämma fram ett namn men hon log bara sött tillbaka. Jenny log också men på ett helt annat sätt. Jag vågade inte titta på Jens men tanken på honom inspirerade till nästa steg.

"Jag skulle gärna be dig följa med mig hem och lyssna på några fina stycken men saken är att Jens har lånat hela min kollektion."

Jens återhållna skratt fick hans axlar att hoppa.

"Du skall få tillbaka dem. Men jag har glömt vilka som är dina. Friska upp mitt minne, är du snäll."

Jag sökte desperat efter namnen hon nämnt tidigare. Till min förvåning mindes jag några.

"Ta med Elgar och några av Beethovens kvartetter. Det räcker till att börja med."

Jenny såg fortfarande oförskämt munter ut. Hon älskar när jag gör bort mig.

"En kille och en tjej jag känner försökte älska till 'Pomp och Circumstance'. Det gick bra fram till temposkiftet. Då ramlade de ur sängen."

Jag sneglade på Christine. Hon såg ut att ta skämten på rätt sätt. Jag tänkte inte be om ursäkt för mina vänners respektlöshet.

Maten anlände och gav mig tid att tänka över min taktik. Känslan var att Christine var lika angelägen som jag att avsluta kvällen på ett trevligt sätt. I mitt sällskap. Om jag hade sagt till Jens och Jenny att någon tyckte det var trevligt att runda av en kväll mitt sällskap hade gapskrattet ekat i restaurangen. Jens doppade skeden i hajfenssoppan.

"Berätta lite om dig själv, Christine. Vad jobbar du med?"

Hon ryckte på axlarna.

"Jag har ett tråkigt jobb på en resebyrå."

Jenny smakade också på soppan.

"Låter inte så tråkigt. Du kan ju alltid boka dig själv till nedsatt pris?"

"Gör jag ibland. Mest till Kanarieöarna."

"Åker du ensam?"

"Jag brukade åka med min mamma men hon finns inte längre bland oss."

Jag erinrade mig diskussionen på kaféet. Den här gången lät hon som om det verkligen fanns något att dölja. *Finns inte längre bland oss* lät konstigt. *Gått bort* hade varit tydligare. Jag nickade deltagande.

"Det var tråkigt att höra. Måste vara hårt att förlora sin mamma när man är så ung."

Soppan var precis så god som jag väntat mig. Restaurangen är en av de bästa kinesiska jag känner till. Jens svalkade gommen med en klunk öl.

"Har Freddy berättat om sig själv?" Hennes huvud skakade lätt. Han fortsatte som om han berättade en rolig historia. "Han driver två företag. En småskum importfirma där han tjänar sina pengar och en ännu skummare deckaragentur där han förlorar dem."

Jag tänkte göra en ursäktande gest när jag såg att hon skärpte sina sinnen. Ett antal uttryck passerade innan hon bestämde sig för nyfikenhet.

"Är han...förlåt, är du privatdeckare, Freddy?"

Jag får tillstå att min deckaraktivitet är ett ämne jag hellre talar om än klassisk musik och min lilla importfirma.

"Freddys Agentur är en välrenommerad firma. Polisen anlitar mig ibland i kinkiga ärenden." Jag gjorde en gest mot Jens och Jenny. "Min syster och Jens hjälper till med de enklare uppgifterna."

Det var dumt att använda ordet *enklare*. Jenny hängde genast på.

"Enkelhet avslöjar geniet. Är det så du brukar säga, Freddy? Hur var det kommissarie Robertson uttryckte det när du löste fallet med mannen som sköt en person som varit död i ett dygn? Du har glömt? Berätta om några andra fall som du har löst med hjälp av din enkelhet."

Jag försökte med minspel meddela Christine att så här går det till i Freddys Deckeri. Ett ord jag använde av misstag men som bet sig fast. Deckarsnickeri? Faktiskt ganska träffande.

Men Christine hade inte bara låtsats vara intresserad skulle jag strax få lära mig. Och då är vi tillbaka till funderingarna på kaféet. Ödet och tillfälligheter. Porslinsskedarna skrapade när vi slevade upp resterna av soppan. Christine tittade vädjande på mig.

"Det låter intressant. Är det dyrt att engagera dig?"

Jag råkade titta på Jens när hon sade det. Hans drag skärptes som om någon tryckt på en knapp. Senare skulle han berätta att han genast genomskådade hennes trick. Med det i åtanke var mitt svar ganska naivt. Annars är jag känd för att vara affärsmässig.

"Det beror på. Ibland jobbar jag "Pro Bono" för människor jag tycker om"

"Vad är pro bono?"

"När du jobbar utan att ta betalt."

Hon log blygt och tittade så vädjande på mig att jag nästan blev rörd.

"Tycker du om mig, Freddy?"

Jag blev alldeles paff. Ingen kvinna hade ställt en så intim fråga till mig. Inte ens i enrum. Jag log så vänligt jag kunde och anade att mitt uttryck arbetade sig från häpen via löjlig till ännu löjligare, det vill säga kärlekskrank.

"Det är klart jag gör. Jag tycker väldigt bra om dig."

Det kändes genant att säga en sådan sak när Jens och Jenny lyssnade men jag kunde inte gärna säga att jag inte tyckte om henne och förstöra mina chanser. Pest och kolera, flög genom mitt huvud. Christine såg nästan tårögd ut. Hon bad om ursäkt och reste sig för att gå till damrummet.

När hon var utom synhåll tittade Jens upp mot taket som om han sökte stöd.

"Snyggt jobbat."

Jag trodde han uttryckte uppskattning av min taktik och nickade instämmande.

"Man har varit med förr."

Men det var inte det han menade. Det var Christine som hade jobbat snyggt. Jenny såg ut som om hon bevittnade en komedi. Hon höjde sitt glas och ett ögonbryn.

"Mellan soppa och strimlad biff i sötsur sås har hon engagerat dig utan en tanke på att betala och du har ingen aning om vad som händer. Är det för enkelt för dig?"

"Engagera? Ingen har engagerat mig. Hon är bara intresserad av mitt arbete som deckare."

Ingen svarade men deras leenden sade desto mer. Den strimlade biffen anlände och samtidigt återvände Christine och slog sig ner med ett uttryck som om hon hade något att berätta.

"Jag har inte berättat om min far. Han blev mördad och dumpad i en tjärn i inlandet. Kroppen hittades för några veckor sedan men den hade legat där i ett år."

Jens avbröt sitt tuggande. Jag visste att han läste kriminalspalterna lika noga som jag.

"Pratar du om fallet Bendow? Det har jag följt på sociala medier. Så han var din far? Berätta."

Hon drog hela historien, började med försvinnandet och mystiken kring personen, fortsatte med det hon visste om dådet och fyndet och slutade med sammanträffandet på kaféet.

Vi åt igen under tystnad medan vi funderade på informationen. Jennys nyfikenhet var väckt och som tjej kan hon ställa frågor till andra tjejer som killar tvekar att ställa.

"Vad jobbade din mamma med?"

Frågan lät oskyldig men som jag tidigare antytt var det något med mamman som inte verkade rumsrent. Jag erinrade mig att hon blivit riktigt förbaskad på Matts när han beklagat.

"Det är en lång, trist och smutsig historia. Den började innan jag var född."

Vi fick höra om uppväxt i en liten lägenhet i Majorna. Precis som Jenny och jag, tänkte jag men avbröt inte. Svaret på frågan vad mamman sysslat med uteblev.

Det var inte första gången jag befann mig i rollen som ofrivillig psykoterapeut. Det är något i min natur som får folk att öppna sig. Jenny påstår att jag är så trög att folk får panik och babblar på. Det kanske ligger något i det. Snabb är inte mitt adelsmärke.

Jens är inte lika bra på att sitta tyst och lyssna. Mellan tuggorna ställde han frågor som en riktig psykiater kunde ha ställt. Men han var mer intresserad av fallet och dess utveckling än en tråkig barndom. Som mattelärare nöjer han sig inte med vaga spekulationer, han vill ha logik.

"Nu när det finns ett testamente till din förmån vaknar familjen till liv och vill ändra på saker och ting?"

Det fanns ingen familj, inga släktingar. Bendow hade varit lika ensam i livet som han tycktes vara i döden. Problemet var Leopold Matts. Jens tittade frågande på henne.

"Samma blodgrupp är inget bevis. Har man tagit DNA?"

"Antagligen kommer man att göra det nu. Och då får jag reda på om Sven Bendow är min biologiske far eller inte."

"Råder det någon tvekan?"

Hon berättade att arvet bestod av en pampig villa vid kusten, värd mellan fem och sju miljoner. Dessutom aktier och obligationer till ett ansenligt värde. Vi kippade efter andan när siffrorna radades upp. Hälften räckte till ett liv i överflöd. Jens gjorde en gest.

"Om det finns ett testamente som gör dig till arvtagare så är det bara femtio procent som är bröstarvingedelen. Av den delen äger du femtio procent. Sjuttiofem procent äger du oavsett om Matts är legitim arvinge eller inte."

Det blixtrade till i hennes ögon. Bakom den timida ytan fanns temperament.

"Han skall inte ha ett öre."

Beslutsamheten gick inte att ta miste på men den baserades nog på önsketänkande. Om DNA visade att Matts var Bendows son var nog loppet kört. Jenny tittade bekymrat på henne.

"Finns det någon likhet?"

"Båda har det där typiska nordiska utseendet, tunt blont hår, blå ögon, blek hy. Stämmer på tusentals män i det här landet."

Vi funderade en stund. Om Matts var legitim son till Bendow var det faktiskt inte mycket att snacka om. Man kan inte laborera med fakta och lagen är lagen. Jenny laddade sin gaffel.

"Hur var förhållandet mellan din mamma och Bendow?"

Jag erinrade mig ordet *konkubin* från kaféet och tolkade det som att mamman varit Bendows älskarinna. Två ogifta människor som träffas när behov och önskemål gör sig påminda. Men så enkelt var det inte. Christine såg ut som om hon samlade mod.

"De träffades inte så mycket de senaste åren. Men inte för att de var ovänner. Sven var en upptagen man. Han var delägare i en begravningsfirma."

Jag lassade in en tugga och malde den under fundersam tystnad. Min bild av begravningsfolk är allvarliga män eller kvinnor som tröstar anhöriga medan de försöker få dem att satsa på den dyraste kistan. Tidsnöd ingår inte i den bilden.

Jens såg också fundersam ut.

"Hurdan var han som människa?"

"Han var vänlig och generös men inte särskilt spontan."

Färgad av sitt yrke, gissade jag. Sprallighet är nog inte önskvärt.

"Behandlade han dig som sin dotter?"

"Han är den enda fadersgestalt som funnits i mitt liv så jag har inget att jämföra med. Men han bodde aldrig hos oss. Stannade inte ens över natten efter kärleksstunderna."

Fadersgestalt lät inte särskilt intimt. Pappa hade varit bättre. Om DNA visade att han inte var hennes biologiska far var det första alternativet förstås naturligt.

Jenny fuktade munnen med vin.

"Hur var det i den stora villan? Bodde ni där tillsammans?"

"När jag var liten var vi där några gånger men igen bara över dagen. Det var förfärligt pampigt. När jag blev äldre fick jag stanna hemma i lägenheten."

Jag undrade om det bara var jag som hade en känsla av att vi fick höra valda delar av sanningen. Jens satte ord på en av mina funderingar.

"Var din mamma älskarinna åt honom under många år?"

"Det började innan jag var född och fortsatte fram till hans död. Jag är tjugosju."

Jag noterade att den amorösa spänningen mellan mig och Christine var borta. Om den funnits någon annanstans än i min fantasi. Jag valde mellan klichéerna som staplades i huvudet.

"Om du vill att jag skall ta mig an det här fallet, om det är ett fall, måste du ge mig alla fakta. Inklusive sådant som inte är fördelaktigt för dig. Allt du säger stannar mellan oss."

Den glada slutklämmen ersattes av en dyster biton.

"Jag vill bara att ni tar reda på om den här Matts är legitim arvinge eller inte."

Jens tittade bedrövat på henne.

"Ett fall är aldrig så enkelt, Christine. Det är ett pussel och man kan inte lägga pussel om en bit fattas. Vi vill gärna hjälpa dig men vi kan bara göra det om vi har alla fakta."

Vi hade ätit färdigt och servitören dukade ut. En kvinnlig kollega anlände med efterrätten. Christine lutade sig åt sidan för att lämna utrymme.

"Vad är det ni vill veta?"

Jag petade i desserten på jakt efter något ätbart.

"Berätta om din mamma. Hur levde hon, hur försörjde hon sig och hur dog hon?"

Vi kunde följa hur tveksamheten och dysterheten lämnade henne och ersattes av beslutsamhet. Min känsla att hon gett oss portioner av sanningen bekräftades. Sessionen började med ett djupt andetag.

"Mamma var prostituerad och narkoman."

Alla käkar slutade arbeta som på kommando. En skiva carambole jag just stoppat in i munnen antog konsistens av gummibit. Det slog mig att om hon sagt att hon själv var prostituerad hade det inte låtit lika obarmhärtigt. Dotter till en hora indikerar det totala sociala nederlaget. Jens skyndade sig att hänga på för att mildra effekten.

"Nu börjar vi komma någonvart. Var Bendow en av hennes kunder?"

Hon såg ut som om hon tänkte snäsa av honom när hon insåg att frågan varken var insinuant eller förödmjukande. Jag kom att tänka på hennes sätt att snäsa av Matts och gissade att hennes liv kantats av verbala snaskigheter angående moderns sätt att leva. Jag hade också fått en känsla av att Matts visste mer än han ville avslöja. Han kanske visste allt. Christines axlar sjönk till normalläge.

"Han var stamkund så länge jag kan minnas. Mamma tog bara kunder med stil."

Jag log åt hennes försök att krama lite stolthet ur sin mors yrke.

"Vem fixade droger åt henne?"

Känslan att hon höll tillbaka delar av sanningen återvände. En osäker blick fladdrade en stund från Jens ansikte till Jennys innan den stannade på mitt frågande tryne.

"Jag vet inte men hon hade råd att betala för det bästa." En hand åkte ner i handväskan hon hängt på stolsryggen. Hon drog fram ett foto som hon räckte mig. "Här är hon, Margaret Rolf."

Jag kunde inte låta bli att stirra på bilden. Margaret var ingen strålande skönhet men hon hade en karisma som strålade genom kameralinsen och låste betraktarens blick. Om någon hade bett mig gissa hennes profession hade prostituerad inte varit med på listan. Hon var välklädd och såg intelligent ut. Bortsett från det intelligenta intrycket fanns det inga likheter mellan mor och dotter. Jag lämnade kortet till Jens och kunde utläsa av hans reaktion att hans uppfattning liknade min. Jenny kikade förbi hans arm och nickade uppskattande.

"Raffig tjej. Förstår att hon kunde välja bland gubbarna."

Reaktionen var nog den Christine brukade få när hon visade bilden. Allmänna bilden av en prostituerad är nog annars en glåmig kvinna med för mycket smink. Åtminstone när hon kommit en bit upp i åren. Knark hör till bilden. Christine hade uttalat namnet Margaret på engelska. Jens tittade länge på fotot.

"När började hon sälja sin kropp?"

"Innan jag var född. Jag gissar att hon upptäckte att männen inte kunde motstå henne. När hon var yngre kunde hon begära vad hon ville. Hon var fyrtiotre när hon försvann."

Hon kastade en skygg blick på Jenny. Jag gissade att hon gjorde en jämförelse vad gällde karisma men Jenny ser mycket bättre ut. Jag bad en tyst bön att hon inte skulle föreslå ett pris som Jenny kunde ta för ett ligg om hon varit i branschen. Sådant kan man inte säga till Jenny. Men hon kan säga det själv om hon är på skojigt humör. Det kom inget sådant förslag från Christine, men hennes språkbruk gav mig ingen ro. *'När hon försvann, när hon lämnade oss'*. Det lät svävande. Hon hade kanske en aversion mot att uttala ordet död.

Jenny nickade eftertänksamt.

"Du nämnde att du är tjugosju. Det gör henne till en ung mamma."

"Sexton år. Ett barn med dagens mått." Hon suckade djupt. "Det var kanske därför det gick som det gick."

Siffrorna började tumla runt i mitt huvud. Bendow sextiosex, Margaret fyrtiotre, Christine tjugosju. Han var nästan fyrtio när han gjorde en sextonåring med barn. Och hon var redan prostituerad. Jag sökte Jens blick och förstod att matematikern för längesedan räknat ut vad jag mödosamt tragglade mig fram till. En snabb grimas avslöjade hans tankar.

"Hade hon någon som stöttade henne?"

"Hon var alltid ensam. Den enda människa hon hade regelbunden kontakt med var Susan, en kollega. Snäll människa som hjälpte till att ta hand om mig. Fungerade som extra mamma när jag var liten."

Jag hade fått fotot av Jens och kunde inte låta bli att stirra tills Christine krävde tillbaka det. En suck avslutade.

"Jag önskar att jag fått lite av den utstrålningen."

Jag hade på tungan att säga att hon hade många tilltalande egenskaper men orden fastnade. Anblicken av den karismatiska kvinnan och påminnelsen om hennes liv och öde ledde till kontemplation och vi avslutade vår dessert under tystnad.

Jag såg på Jenny att hennes deckarsinne hade vaknat på allvar. Hon nöjer sig inte med valda delar eller personliga historier, hon skall ha allt.

"Har du någon teori om Bendows död? Finns det någon misstänkt?"

"Jag kände honom inte tillräckligt väl men han hade väl fiender som alla andra."

Det slog mig att hon inte vid något tillfälle hade refererat till den döde som far eller pappa. Bara opersonliga fadersgestalt. Han borde förtjänat ett vänligare epitet efter att ha gjort henne rik. Jenny förstod att hon hade att göra med en misstänksam tjej.

"Någon med ett namn och ett motiv?"

Christine hade fattat att Freddys Agentur sköttes lika mycket av Jens och Jenny som av Freddy. Hon ryckte på axlarna.

"Polisen tycker att jag har ett motiv med tanke på arvet men jag kände inte till testamentet förrän kroppen hittades och han blev officiellt dödförklarad. Advokaten kan verifiera. Han hade hand om testamentet hela tiden."

Jag plockade upp min anteckningsbok. Det slog mig att plötsligt gick det att uttala ordet död.

"Polisen frågar alla möjliga saker för att hålla alla dörrar öppna. Ingår i jobbet. Vad heter advokaten?"

Jag visste svaret men skrev ändå Averander på en sida jag döpt till Christine Rolf. En adress följde med.

"Jag kanske behöver tala med honom om Matts. Mordutredningen sköter polisen bättre om man lämnar dem ifred."

Jag skulle inte sagt eller ens tänkt frasen *lämna polisen ifred.* Ödet skulle lägga sig i den detaljen också. Jag behövde inte fråga om hon kände till regionen, det hade Matts skött om på kaféet.

"Kommer du ihåg namnet på polismannen som kontaktade dig?"

"Någonting med Brons, tror jag. En liten rödfnasig typ, ganska kort för att vara polis. Allting var rödaktigt hos honom; hudfärgen, näsan, håret som stack fram under filthatten, han hade till och med en röd skjorta."

Vi log åt den träffande beskrivningen av den lille vesslan. Han var välkänd för oss alla tre.

"Han heter Bronsberg och är assistent till kommissarie Robertson på mordroteln."

Hon var tyst medan min penna krafsade. När jag lyfte huvudet nickade hon som om hon instämde med mina tankar.

"Averander och Bendow var personliga vänner och umgicks privat. Kanske den enda vän han hade."

Jag förstod att hon menade att advokaten var Bendows enda vän.

Vi rundade av med kaffe och Amaretto. Jag sökte Christines blick för att försöka återuppliva den amorösa stämningen men hon var långt borta i tankarna. Jens skulle inte behöva leverera några CD-skivor. Det var det enda positiva med den nya situationen. Inget oljud som jag måste låtsas att jag tyckte om.

När vi traskade på Avenyns breda trottoar igen lutade sig Christine mot mitt öra.

"Jag ringer dig senare."

Jag tittade häpen på henne och sedan på Jens som hört vad hon sagt. Menade hon senare under veckan eller senare samma kväll. Innan jag hann svara kom hennes spårvagn susande och svängde in på Vasagatan. Hon sprang snabbt till hållplatsen och svängde sig in genom bakdörren. Det sista jag såg var en diffus vinkande figur inifrån vagnen.

Jens vinkade tillbaka.

"Jag trodde din planering hade spruckit."

Det hade jag också trott och svarade med en axelryckning. Vi hade nog samma uppfattning. Christine var en rar blomma.

Det hade blivit mörkt och nattpubliken började leta sig till krogarna. Medan vi traskade Vasagatan fram funderade jag på mitt upplägg och kom fram till att jag måste börja med advokaten. Jag tog upp anteckningsboken och plirade i mörkret. Adressen var inte långt ifrån där vi befann oss. I morgon var det fredag. Jag undrade hur upptagna advokater är på fredagar.

Oväntad uppdragsgivare

Inspektör Bronsberg sade en gång till mig *'du är en snäll man, Larsson, men det är inte snäll som ställer till det för dig, det är snälls förlängning – hjälpsam'*.

Det är inte bara jag som är snäll. På väg hem från restaurangen slank jag in på puben för att avsluta kvällen med en whisky. För Jens och Jenny hade det varit en lång dag med arbete och konsert och restaurangbesök. De vandrade hem i natten.

Det var då Jens drabbades av snällhetens förlängning som tog sig uttryck i leverans av klassisk musik. Det är bara några minuters promenad mellan våra bostäder. Tydligen hade han uppfattat Christines *jag ringer* som att det skulle ske samma kväll. Hon hade mitt mobilnummer och jag hade mobilen med mig på puben. Men det kom inget samtal. Det var för bullrigt för tankearbete så jag var bara där så länge att jag hann stjälpa i mig en whisky. Bättre att använda tiden till att arbeta vid datorn.

När jag klev in i hallen låg två CD-skivor på mattan. Jag såg dem inte och trampade på den ena. Den sprack med ett skarpt ljud. Jag hoppades att det bara var fodralet som gått sönder och öppnade inte för att kontrollera.

Jag satt vid datorn även nästa dag när Jens signal på dörrklockan meddelade slut på friden. Jag hade bett honom titta in av en speciell anledning och låtit hemlighetsfull i telefon. Han tog sin vanliga position på skrivbordskanten med en fot dinglande i luften.

"Att bli bjuden till ditt kontor utan att veta anledningen är alltid lika spännande. Har det något att göra med fallet Bendow eller tänker du trötta ut mig med en rapport om din amorösa natt med Christine? Om det senare; skriv en sammanfattning och skicka en kopia till min e-postadress."

Jag snurrade fram och tillbaka i min fåtölj.

"Ryktet säger att du börjar tappa stinget, Jens. Såg du att Christine nästan inte tittade på dig."

"Jag förstod att hon var utom räckhåll när du förtrollade henne med dina kunskaper om klassiska tonsättare. Vad tyckte hon om ditt val av musik för älskande?"

"Bra att du tog upp det. Jag råkade trampa på en skiva. Den går inte att spela igen. Den andra hade nog ackompanjerat våra övningar perfekt."

"Jag gissade att *Pomp and Circumstance* skulle matcha ditt sätt att bedriva älskog. Annars var det menat som ett skämt. Men man kan inte göra parodi av parodi."

"Det var den som gick sönder. Men hon dök inte upp och ringde inte heller."

Jens tittade på skivan jag räckte honom.

"Är det därför jag är här? Du vill be om ursäkt för att du skändat en av Englands främsta kompositörer?"

"Jag visste inte att han är engelsman."

Jag sköt ett papper över bordsskivan.

"Läs det här noga, Jensen. Du kommer inte att tro dina ögon."

Han skummade igenom texten under tystnad. Ögonen smalnade när han kom fram till namninformationen.

"Leopold Matts vill engagera dig som detektiv? Hur har han fått reda på din existens?"

"Jag vet inte hur många gånger du ställt den frågan. Svaret är detsamma, min hemsida. Alla har en dator, en padda eller mobil nu för tiden."

"Jag vet, Freddy, jag har en av varje sort. Det som förvånar mig är att någon vill engagera dig efter att ha betraktat det skrattretande porträttet. Har du avtalat tid i den här skräckkammaren?"

Jag gjorde en gest för att tysta honom. Jag är van vid alla ljud i och omkring huset och lyssnade koncentrerat.

"Han är på väg uppför trapporna nu."

Jens skärpte också sina sinnen och nickade instämmande när någon stannade utanför lägenhetsdörren. Signalen lät som om besökaren ångrade sig. Jag har en gammaldags dörrklocka med ringsignal. När jag strosade ut till hallen för att ta emot honom hörde jag Jens säga att vi fick akta oss för att nämna Christine. Jag svarade över axeln.

"Vem tar du mig för?"

Mumlandet som nådde mina öron lät som *det vill du inte veta* men då hade jag redan öppnat dörren.

Matts visade inga tecken på att han sett mig förut. Han hade suttit med ansiktet mot mig på kaféet. Hans sätt var lika inställsamt men när han klev in i deckarkontoret och presenterades för Jens sträckte han upp sig och gick in i en manligare roll. Jag noterade att det här var en person som ändrade beteende som en kameleont beroende på stämning och de närvarandes attityd. Han till och med satte sig på skrivbordskanten som Jens och dinglade med en fot i luften. Skivan var stor nog för bägge två. I det här skedet brukar besökarna sjunka mot golvet i min nersuttna besöksfåtölj. Jag slog mig ner i min snurrfåtölj på andra sidan skrivbordet.

"Jens är min assistent. Han är pålitligheten förkroppsligad. Allt som sägs i det här rummet stannar mellan oss."

En stunds tystnad ackompanjerades av vänliga leenden och förtroendefulla blickar. Jens gjorde en slapp gest.

"Varför valde du Freddys Agentur?"

Jag fick en känsla av att det spontana svaret *det var den enda jag kunde hitta* raderades och byttes under generat skrockande. Privatdeckare trängs inte om utrymmet i Göteborg.

"Webbsidan tilltalade mig och jag tror att privatdeckare är snabbare än polisen. Byråkrati och hänsyn till alla möjliga rättsliga aspekter gör polisarbetet alldeles för långsamt."

Jag var glad att Jenny inte var närvarande. Hon skrev en gång en dikt till mig. Eller om mig. *"Varför måste allting gå så jäkla fort"* var den ironiska titeln.

"Vad kan vi hjälpa dig med?"

Han började med att gnida händerna som han gjort på kaféet när Christine visat sin mindre sympatiska sida. Även informationen var den jag redan hört. Han nästan snyftade när han berättade att Sven Bendow var hans far och det tragiska öde den stackars mannen gått till mötes. Hans uppfattning om Christine Rolf var inte särskilt smickrande men vi visste att den bilden balanserades med råge av hennes bild av honom. Han avslutade med en redogörelse för sitt möte med advokaten.

Informationen smältes under tystnad. Han slutade gnida händerna och lät sin blick vandra mellan våra fundersamma ansikten.

"Jag har anledning att tro att Christine Rolf mördade sin påstådde far."

Anklagelsen var inte oväntad med tanke på hur han byggt upp sin berättelse. Jens frågande handrörelse fastnade i luften.

"Det är en allvarlig anklagelse. Har du något som underbygger den?"

Matts hade förberett den här delen av sin föreställning väl. Blicken vandrade igen från mitt till

Jens ansikte för att försäkra sig om vår fulla upp-märksamhet.

"Jag hade ett samtal med henne på ett kafé. Hon hävdade att hon aldrig hade varit i regionen där det hände. Jag kollade med polisen och hon hade sagt samma sak till dem."

Den följande pausen blev så lång och melodra-matisk att den var på väg att bli löjlig när jag av-bröt med en otålig gest.

"Och...?"

"Eftersom jag inte hade möjlighet att lära känna min far när han levde har jag bestämt att ta reda på så mycket som möjligt. Jag började med att söka upp tjärnen där han slutat sina dagar. Den var inte lätt att hitta. Väl där stötte jag på en man som arbetade i skogen, hans egen skog, och han hade en del intressanta upplysningar."

Han gjorde en ny paus och nickade beskäftigt. Hans vana att göra en paus varje gång han kom till en fas där han tyckte han gjort något duktigt var irriterande. Jag gjorde en anteckning på ett papper framför mig.

"Intressanta upplysningar?"

"För femton år sedan hyrde han ut en stuga till en kvinna som var så snygg och hade sådan ut-strålning och ett sådant beteende att han påstod sig kunna peka ut henne än idag."

Jens sköt fram hakan.

"Nämnde han något namn?"

"Det kan du ge dig på. Hon hette Margaret Rolf och hade en tolvårig dotter som hette Christine."

Tystnaden som följde förstärkte ljudet av min skrapande penna. Jens tittade rakt fram med tom blick.

"Vad heter bonden?"

"Det sade han inte och jag frågade inte. Det var en tillfällighet att jag stötte på honom på en liten skogsväg."

"Hur hittade du?"

"Du kan fråga vem som helst i det lilla samhället som ligger några kilometer därifrån. Alla pratar om kroppen som hittades i tjärnen."

Jag förstod att han berättade sanningen. Informationen kunde lätt kontrolleras. Kändes lite olustigt att Christine ljugit om så uppenbara fakta. Fastän jag tidigare hört honom säga att han inte varit där ville jag att Jens skulle höra det.

"Har du varit där tidigare?"

Svaret blev det väntade.

"Jag tycker inte om skogar."

Jag erinrade mig Christines svar på den barnsliga kommentaren. Jens rättade också till ett leende.

"Kännedom om regionen gör henne inte till mördare."

"Nej, men tillsammans med motivet kan det fungera som ett av många indicier i målet."

Ett av många? Vilka var de andra? Jag fick bita mig i tungan för att inte säga något som avslöjade bekantskap med Christine. Jens kom till min hjälp.

"Är du född i Göteborg?"

Till vår förvåning halade Matts fram ett födelsecertifikat och räckte det till Jens som skummade igenom det innan han räckte det vidare till mig. Jag var inte intresserad av att veta vilket sjukhus hans mamma befunnit sig på när hon födde men läste förstrött att det skett fyrtio år tidigare på gamla kvinnokliniken. Där är jag också född. Jag registrerade moderns namn eftersom det var något annat än Matts, lämnade tillbaka dokumentet och gjorde en likgiltig gest. Ett ja eller nej hade räckt som svar på Jens fråga. Senare skulle jag lära mig att räknemagister Jens hade registrerat personnummer och att det inte fanns någon fader antecknad.

Jens gjorde sin frågande gest igen.

"Vad jobbar du med?"

Ett nytt belåtet leende talade om att ämnet var välkommet.

"Jag driver en datorfirma. Vi gör program för små företag."

"Och det går bra?"

"Just nu går det bra men vi tar inte för givet att det fortsätter för evigt. Konkurrensen är knivskarp."

Han vände sig till mig med det lismande smilet och berättade nästan ursäktande att han upptäckt några små fel på min hemsida. Lätt att rätta till om han fick några minuter. Jag noterade i ögonvrån att Jens plockat fram sin mobil. Antagligen knappade han in informationen från födelseattesten medan den var fräsch i minnet.

"Jag driver även en liten importfirma. Kanske mina program är föråldrade. Vi kan återkomma till det. Var kan vi få tag i Christine Rolf?"

Jag var en smula stolt att jag kommit ihåg att ställa en fråga jag visste svaret på. Min penna krafsade igen men istället för adressen skrev jag 'smart, Larsson'.

"Vad vet du om henne?"

"Jag vet att hennes mor var prostituerad och narkoman och att hon dog av en överdos heroin för ett år sedan."

Upplysningen smattrades fram som ett fotbollsreferat. Magister Jens log igen. Matts kunde sin läxa. Jag förstod varför Christine inte ville diskutera sin mors öde. Jens hängde på.

"Angående faderskapet, kan din mor verifiera att hon hade ett förhållande med Sven Bendow?"

Matts böjning av huvudet illustrerade djup sorg.

"Tyvärr inte."

Hans röst höll på att brista. Jag hoppades att han inte tänkte börja gråta. Han verkade kapabel till det. Det slog mig att Matts precis som Christine undvek ord som död och bortgången. Faktiskt hade hans svar inte gjort klart för oss om hon levde eller inte.

"Det var tråkigt att höra. Jag beklagar."

Matts samlade sig med ett tappert leende.

"Hon nämnde hans namn en gång och berättade att hon var säker på att han är min far."

"Fanns det någon annan man i hennes liv?"

Ny bedrövad huvudskakning. Jens väntade en stund på en förklaring. Det kom ingen.

"När fick du reda på hans existens?"

Frågan resulterade i ett nytt sportreferat. Matts övergav den timida attityden och förklarade med stål i stämman att när han läst om mordet och förstått att det var hans far som var offret hade han föresatt sig att få tag i mördaren, kosta vad det kosta vill. En manlig nick avslutade. Jag förstod att *kosta vad det vill* inbegrep Freddys Agentur.

"Polisen jobbar med mordutredningen just nu. Vad tror du vi kan göra som inte de gör lika bra?"

"Som jag nämnde tror jag att privatdeckare jobbar snabbare. Ni är inte bundna vid regelverket."

Jens vickade mobilen.

"Om vi får fram information som kan påverka utredningen är vi tvungna att meddela polisen."

Svaret var inte med i Matts kalkyl. Han pressade ut ett fånigt leende.

"Självklart, allt som snabbar på utredningen är välkommet."

Det blev tyst som om ämnet var uttömt. Jag fingrade förstrött på min laptop som varit igång hela tiden. Det var som en signal till Matts. Han gled av skrivbordet och ställde sig bakom mig.

"Som jag sade är det några små fel på din hemsida. Lätta att avhjälpa."

Jag förstod på hans ton att han ville göra det här och nu. Okej, tänkte jag, Internet är inte min paradgren. Min nuvarande sida hade Jenny hjälpt mig med. Jag berättade vilket webbhotell jag anlitar varefter mitt sömniga knackande ersattes av något som påminde om en AK4 i händerna på en vansinnig terrorist. Han förklarade inte vad han gjorde. Lika bra. Jag hade inte förstått en bråkdel. Det tog mindre än en minut att slutföra vad det var han hållit på med. Han pekade på skärmen och sprutade fram en förklaring som jag beslöt att lagra i örat. Att engagera hjärnan hade varit överflödigt, den delen av min anatomi hade inte klarat att ta emot mer än två procent av flödet. I tystnaden som uppstod efter uppvisningen förstod jag att jag förväntades säga någonting.

"Åh, är det så lätt. Där ser man. Kunskap gör skillnad."

Matts nick mot datorn antydde att han betraktade den som det enda levande objektet i rummet.

"När vi ändå håller på kan jag visa er något annat."

Smattret startade igen. Ännu fortare den här gången. Mina fingrar kändes plötsligt som frukostkorvar och jag gymnastiserade dem diskret bakom ryggen. Jag tvivlade på att jag hade kunnat matcha tempot om jag hade arbetat som tokig med trumpinnar. Smattret slutade lika abrupt den här gången. Han pekade mot skärmen.

"Kolla detta."

Jens hade ställt sig på andra sidan om dataexperten. Vi stirrade på en sida som var fylld med brottsrubriceringar, domar i enklare brottsmål och dateringar. Matts log sitt pompösa leende igen.

"Margaret Rolf levde ett vidlyftigt liv, eller hur?"

Vi läste under tystnad. Det mesta handlade om innehav av droger och straffen var böter, några gånger hade hon tillbringat en natt eller två i häktet men inga fängelsedomar. Ungefär vad man kan vänta av en kvinna som varit prostituerad i många år. Matts gjorde oss uppmärksamma på en datumuppgift.

"Margaret tog sin överdos några veckor efter att Sven Bendow rapporterats saknad."

Jag gissade att vi läste konfidentiella uppgifter, plockade från polisens databas. Matts knappade en stund till för att göra det omöjligt att spåra var uppgifterna kom ifrån eller göra det omöjligt för andra att ta sig dit. Åtminstone via min dator. Han reste sig och borstade av händer och armar som om han utfört hårt fysiskt arbete.

"Om ni behöver mer information som rör fallet så säg bara till. Jag hjälper er gärna."

Jag får erkänna att när det gäller deckarjobbet kommer civil lydnad bara först om jag tjänar på det eller om polisen tittar på. Det slog mig också att den här typen av information kunde bli användbar i andra fall än det här.

"Det här är väldigt värdefullt för oss." Jag tänkte fråga hur man bär sig åt för att komma åt informationen men insåg att hjärnan skulle smälla som ett popcorn efter en bråkdel av förklaringen. "Vi är betjänta av sådan information."

Matts stod kvar på samma sida av skrivbordet som om han sökte stöd hos datorn. Jag undrade om min analys av den här personen som en insmickrande nörd skulle stå sig om jag grävde djupare. Det här var en man med överraskande talanger.

Jag insåg att vi behövde veta mer om Christine. Matts såg nöjd ut när vi rundade av med manliga leenden.

"Hur ser den finansiella sidan av saken ut?"

Jag klev in i min affärsroll. Min importfirma har lärt mig att vara affärsmässig. Varenda krona måste redovisas. Jag har också lärt mig att man inte säljer deckartjänster som man säljer porslinstomtar men vissa grunddrag är desamma. Attityden mot kunderna till exempel. Jag slog mig ner vid datorn och knappade länge som om jag hade en uppsjö av tariffer och taxor. Jag visste att Jens beundrade mig för förmågan att växla mellan kompis och affärsman. Men han beundrade inte mitt senfärdiga knackande på tangenterna. Det lät skrattretande efter Matts uppvisning. Jag drog till med ett arvode plus omkostnader som borde få även en datakonsult att rodna men han rörde inte en min när han nickade sitt medgivande. Jag följde honom ut i hallen. Han log belåtet och försvann nerför trapporna. När jag skulle stänga dörren kände jag att det tog emot och ryckte till. Då ryckte det tillbaka så att jag höll på att ramla ut i trappuppgången. Jag förstod att någon skämtsam stod på andra sidan dörren och gjorde ett nytt ryck. Men då hade personen redan släppt handtaget och jag ramlade baklänges in i hallen. Dörren smällde igen så att det hördes i hela huset. Jens hade hört att något pågick och ställt sig i dörröppningen till kontoret.

Dörren öppnades igen och den skojfriska stegade in. Jenny naturligtvis. Hon gapskrattade inte som hon brukar göra när jag bär mig korkat åt utan tittade allvarligt som på en misslyckad pajas på cirkus. Jenny traskade före oss in på deckarkontoret. Jens hämtade en flaska vin och tre glas. De rör sig i min lägenhet som om det är de som bor där och jag som är på besök.

Medan vi smakade på vinet fick Jenny en rapport. Hon lyssnade utan att avbryta men det var för att samla krafter inför attacken. Vi avslutade med en beskrivning av Matts glada nuna när han skakat hand med oss.

Hon satte sina ögon först på mig, sedan på Jens.

"Undrar hur glad han blir när han upptäcker att han betalar för att ni skall ta reda på vilka fuffens han har för sig."

Jag gjorde en gest som betydde att småflickor inte skall lägga sig i vad karlar håller på med.

"Han betalar, det räcker för mig."

"Det räcker för mig också men inte förrän jag ser dig sitta där och räkna pengarna."

Jens höll med henne och berättade att hans lön som lärare uppgick till en bråkdel av min taxa. En annan skillnad var att han fick pengarna insatta på

54

sitt bankkonto. Jenny är datakonsult och inte lika imponerad av höga arvoden.

"Glömmer du inte en sak, boss, Christine har engagerat dig för att bevisa att han är en bedragare."

"Det är det som är det geniala. Vi är engagerade av honom för att bevisa att hon är mördare och av henne för att bevisa att han är en bedragare."

Ibland tycker jag inte om Jennys rättframma attityd. Allra minst när hon har en poäng.

"En nördare och en mördare? Om han är bedragare får du inte ett öre och om hon är mördare tar polisen hand om henne."

Det blev tyst en stund. En tystnad som fick det att krypa i mig. Som om jag hör vad folk tänker och ser på deras flin att jag har rätt. Jens smakade på vinet.

"Vad säger du om vår väns skicklighet vid tangentbordet?"

Jag trodde han menade tempot.

"Det gick undan."

Men han menade inte det tempot.

"Slog det dig att lika lätt som han hackade sig in i polisens system, lika lätt kan han ta sig in i andra system. Sjukhusens datorer till exempel."

"Vad angår det oss?"

"Det kan ha att göra med hans kunskap om Bendow. En uppgift för dig, boss. Ta reda på om Bendow var allvarligt sjuk och tillbringade tid på sjukhus."

"Hur skall det gå till?"

"Det är du som är boss. Tänk ut någonting."

Jenny såg fundersam ut och bad oss ta om episoden med Matts vid datorn. Hon såg skeptisk ut när jag gjort det.

"Du tror att han tog sig in i polisens register?"

"Han är dataexpert. Han fixar sådant hur lätt som helst."

"Jag är också dataexpert. Ingen tar sig in i polisens register på fem sekunder. Inte ens de som är behöriga. Massor av säkerhetskoder och lösenord."

Hon förklarade att hon gärna sett sidan med Margarets syndaregister. Jens ryckte på axlarna.

"Det såg ut som en officiell polissida."

"En sådan kan vem som helst sätta ihop. Jag tror att han skrev den själv och fixade så att datumuppgifterna stämde med Bendows försvinnande."

Jag undrade var sidan i så fall kom ifrån. Den fanns inte på min dator. Då satte hon sig vid min laptop, bad att få kortet Matts gett oss och knappade fram hans firmas hemsida. Efter en stund poppade sidan med Margarets info upp. Hon gjorde en slapp gest mot bildskärmen.

"Han lade sidan på sin egen sajt och hämtade den därifrån. Bluff alltihop."

Så enkelt är det när man kan. Vi återvände till soffan. Jens ögon smalnade.

"Då kan uppgiften om död och överdos också vara bluff?"

Jag repeterade samtalet i minnet. Det hade låtit luddigt när Matts pratat om sin mor och hennes förmåga eller oförmåga att bekräfta förhållandet med Bendow. Nu började vi fundera på hur det stod till med damerna och deras bortgång. Det borde finnas ett register över dödförklarade personer. Hur hittar man det? Jag suckade tungt.

"Det är kanske för svårt för oss. Vi får meddela Matts och Christine att vi inte kan åta oss fallet."

Så kan man inte säga när Jenny är inom hörhåll.

"Ge upp? Tacka nej till tolvhundra i timmen? Hur kan jag vara släkt med dig?"

Som en kulspruta. Visserligen är jag van vid hennes temperament men ibland behöver jag en påminnelse. Skojet att ställa sig bakom dörren och lura mig att rycka tills jag ramlade räckte inte som dagens prestation. Jens är likadan. Ju omöjligare uppdrag desto mer taggad blir han. Han halade fram sin mobil och knappade fram anteckningarna.

"Vad har vi att börja med? Ett mord och ett bedrägeri. Misstänkta för mordet är alla inblandade. Misstänkt för bedrägeriet är gode vännen Matts. Hur går vi vidare? Intervjuer förstås. Vilka måste intervjuas?"

Jenny höll upp en hand med utspärrade fingrar. Lillfingret blev advokaten, ringfingret fick representera kommissarie Robertson, långfingret blev bonden i skogen, pekfingret riktades mot mig som en pistol och följdes av uppmaningen att forska fram uppgifter från sjukhus. När jag protesterade och sade att det var olagligt att läsa sjuk-husjournaler tittade de en lång stund på mig. Jens stängde av mobilen.

"Jag tror att lokal kännedom är avgörande. Christine har den kännedomen, Margaret måste ha känt till platsen. Frågan är om Bendow var bekant med regionen."

Jag invände att Bendow inte mördats på platsen utan transporterats dit. Jenny snurrade sitt glas.

"Om du behöver göra dig av med en kropp, vart åker du då?"

Jag trodde att frågan var retorisk och väntade på en fortsättning. Kom ingen men så gör hon ofta. En konversation med Jenny kan låta så här: Jenny: *vet ni vem som har släppt en ny CD med femtiotalslåtar?* Alla tror att frågan är retorisk och väntar på upplysning. Den kommer inte. När man säger att man inte vet kan hon rycka på ax-larna och övergå till att putsa naglarna. När man frågar vem som släppt den nya CD:n kan svaret bli *det vet inte jag, då hade jag väl inte frågat.*

Den här gången var tankegången att man åker till en bekant plats. Normalt känner människor bara till ett fåtal platser där man oupptäckt kan dumpa kroppar. Tjärnen i våra tankar var en så-dan plats. Utan biologiläraren hade kroppen ald-rig hittats. Jenny fyllde vin i sitt glas.

"Mördaren har lokal kännedom. Han mördades i Göteborg och transporterades till platsen. Det begränsar antalet misstänkta."

Detta var Jenny i sitt esse. Det borde vara jag som lade fram teorierna men jag behöver mer tid. Och när den tiden är förbrukad kommer jag fram till samma slutsatser som hon. Jens är som yrvädret. Han gjorde till och med likadant, tömde sitt glas och fyllde det till brädden.

"Då gör vi så här, Freddy pratar med advokaten, Jenny luskar ut om Bendow har någon sjukdomshistoria."

Jag kände mig irriterad. Att de tar över och har egna funderingar kan jag acceptera men när de ger mig order går det för långt.

"Det var ett himla tjat om sjukhus. Han var kanske frisk som en nötkärna."

Det blev tyst en stund igen. Tydligen förstod de att de trampat mig på tårna. Men det gör de så gärna. Jenny smuttade på sitt vin.

"Häromdagen åt jag en hasselnöt. Den var inte ett dugg frisk. Jag fick spotta ut den."

Plötsligt tittade de på mig och började skratta. Så gör de också ofta, som om anblicken av mitt ansikte eller mitt uttryck är så komiskt att de inte kan hålla sig. Jag upptäckte att både mitt glas och flaskan var tomma och tittade anklagande på deras fulla glas.

"Kan vi verkligen utesluta att mordet utfördes av en galning med lokal kännedom?"

Jens lutade sig tillbaka i soffan.

"Man kan inte utesluta någonting förrän man vet. Tro och vetande. Men i det här skedet måste vi utgå från logiska resonemang." Han nickade mot soffbordet. "Ditt glas är tomt, chefen. Du får öppna en flaska till."

Jag ignorerade. Tankarna dansade runt i huvudet och hade inte de hånfulla kommentarerna ringt i mina öron hade jag nog upprepat förslaget att vi skulle lägga ner fallet. Mordutredningen sköter polisen. Matts och Christine kan själva göra upp vem som skall ärva vad. Finns ingen uppgift för oss. Jenny gick fram till datorn och knappade en stund.

"Precis vad jag trodde. Sidan med Margarets försyndelser är borta. Matts hade bråttom till sin dator för att röja undan spåren."

Jag tittade på Jens. Han såg ut som Jenny lät. *Vad var det jag sade.* Jag suckade och bestämde mig för att ge ärendet en chans till. Inte minst för att knäppa Matts på näsan. Han irriterade mig mer och mer. Den självklarhet med vilken han idiotförklarade sina medmänniskor behövde en rekyl.

Sofistikerat

Wilhelm Averanders kontor låg inte långt ifrån Vasaplatsen. När jag ringde för att avtala tid lät han avog men ändrade sig när jag berättade att jag arbetade för Christine. Då gick det bra att pressa in mig samma förmiddag.

Jag traskade uppför marmortrappor med snidade räcken och beundrade fönster i jugendstil på avsatserna. En dörr med blänkande mässingsskylt talade om att jag kommit rätt. Dörren var så vacker att jag stod en stund och tittade på den. När jag lyfte handen för att knacka surrade det till. Jag förstod att låset öppnats och att jag var iakttagen. Någon kamera syntes inte. Jag klev in. En kvinna i yngre medelåldern log bakom ett skrivbord och gjorde en gest mot ytterligare en dörr. Jag öppnade som om jag var rädd att förstöra handtaget.

Kontoret stod inte trappuppgången efter i sober elegans. I det dämpade ljuset tycktes interiören växa fram en bit i taget. En jättelik persisk matta, stora engelska skinnfåtöljer, ett skrivbord som bara förekommer i antikprogram på tv tog gestalt framför mina ögon. Ljusa gardiner flankerade av tunga sidendraperier släppte in så mycket ljus som behövdes för att understryka den sofistikerade atmosfären. Lampetter i jugendstil mildrade det tunga intrycket.

Mannen bakom skrivbordet såg ut som en del av dekorationen. Det tjocka håret var bakåtkammat på ett sätt som förde tankarna till rika knösar på tjugotalet. Mustaschen var perfekt trimmad i Clark Gable-stil. Leendet var välkomnande men talade samtidigt om att familjär fick man gärna vara men inte här. Jag anvisades en av de engelska fåtöljerna och slog mig ner. Konstigt nog var jag inte nervös.

"Jag vet att er tid är dyrbar, herr Averander."

"Jag hjälper gärna till om syftet är att bringa klarhet i ärendet med min gode väns tragiska öde. Hur känner du Christine?"

Jag berättade att vi träffats på konserthuset. Han sken upp och talade om att han också varit där. Jag hoppades att han inte skulle fråga vad jag tyckte om konserten. Namnet på kompositören och numret på stycket hade redan förpassats till en vrå där jag dumpar överflödig kunskap. Han frågade inte men berättade vad han själv tyckt om föreställningen. Jag lyssnade artigt och fastnade för omdömet *felfritt*. Som om man gick dit för att leta fel och när man inte hittade några var betyget felfritt. Jag erinrade mig att jag en gång hade kallat en tjej felfri när jag inte kom på något annat. Men det handlade inte om musik. Jag plockade fram min anteckningsbok och nickade avmätt.

Inte för att jag försökte spela fin herre men atmosfären krävde eftergifter.

"Christine nämnde att Bendow var en av era vänner. Hörde ni honom någonsin nämna regionen där kroppen hittades?"

"Det är ett av de stora mysterierna i hela pusslet. Under de trettio år vi umgicks hörde jag honom aldrig tala om den delen av landet. Han reste mycket men hans smak och ekonomiska situation var sådan att bara femstjärniga boenden var aktuella."

"Känner ni till trakten?"

"Jag har åkt genom det lilla samhället som ligger i närheten. När jag tänker efter stannade jag för att köpa en flaska portvin. Jag kommer ihåg för att det förvånade mig att ett så litet samhälle hade ett systembolag. Men det måste ha varit femton år sedan."

Utan att kunna förklara varför fick jag en känsla av att svaren var repeterade. Jag började känna mig som en figur i en novell av Somerset Maugham.

"Hur väl känner ni Christine?"

"Jag känner henne bara som Sven Bendows illegitima dotter. Genom testamentet har jag haft en del kontakt med henne på sistone."

"Accepterade han henne som sin dotter?"

En axelryckning talade om att saken inte hade varit uppe till debatt, eller ämnet var obekvämt.

"Jag vet bara att han tyckte om henne. Eftersom hon är så klipsk erbjöd han att bekosta utbildning till läkare, men hon tackade nej."

Det kom ingen förklaring till varför hon tackat nej men jag kunde fråga henne vid tillfälle.

"Vad tycker ni om den här Leopold Matts som hävdar släktskap?"

Ny axelryckning.

"Om det stämmer visste Bendow inte om det. Han berättade att han gärna velat ha en son. En kommissarie Robertson var här och ställde liknande frågor. Jag sade till honom att som Christine Rolfs företrädare kräver jag dna-analys av alla inblandade."

Jag log ansträngt när jag hörde kommissariens namn. Som om han var närvarande och jag trampade honom på tårna. Averander tittade plötsligt lite skarpare på mig.

"Vilket intryck fick du av Matts?"

Det slog mig att klasskillnaden mellan mig och advokaten underströks av tilltalsbruket. Jag sade ni och han sade du.

"Jag har bara träffat honom som hastigast, men oss emellan är han inte en person jag skulle anförtro mina innersta tankar."

"Tror du att han har med mordet att göra?"

Jag hade svårt att tro det men för att låta professionell sade jag att jag alltid höll alla dörrar öppna i tidiga skeden av mina ärenden.

Den löjliga klichén avslutade samtalet. Advokaten tittade på klockan, inte på bordsklockan som stod framför honom utan demonstrativt på sitt armbandsur. Vi skakade formellt hand. Han bad mig inte hålla honom underrättad. Jag förstod att han skulle få sina rapporter av Christine. När jag gick nerför trapporna slog det mig att samtalet inte gett någonting. Som att prata med en mussla. Fast en väldigt artig och belevad mussla.

När det går åt skogen

Jag satt en gång och slölyssnade till två personer på puben. De diskuterade skötseln av en väg som ledde till deras skogsfastigheter. En tredje part hade ansvaret men vägrade ta på sig arbetet och kostnaderna. En kort stund var samtalet riktigt animerat och knutna nävar underströk argumenten. Dialekten indikerade Småland. Men plötsligt gick luften ur dem och samtalet avslutades med att den ene mumlade 'dä ä inget å göra åt saken' och den andre instämde med en loj nick, 'nä, de ä väl inte de'.

Jag kom att tänka på episoden när jag svajade på sätet i min minibuss. Skogsvägen var nästan oframkomlig. Och jag fattade inte hur det gått till att jag hade två passagerare. Jag hade tänkt spana på egen hand och sedan presentera resultatet för att betona vem som är chef. De hade anlänt när jag skulle köra iväg och satt sig på bänksätet. De tyckte det var roligt att jag höll på att totalkvadda mitt fordon. Jag muttrade mellan tänderna.

"Varför sade inte idioten att man behöver en Landrover för att ta sig fram?"

Jag hade stannat i samhället och frågat efter vägen till den famösa tjärnen. En kvinna hade förklarat. Det var lätt att hitta avfartsvägen men där tog glädjen slut. Efter att ha kört över lingonris och förmultnade stubbar och muttrat så att mitt förråd av svordomar tagit slut stannade jag framför en vattenpöl, stor som en liten sjö.

"Nu får det vara nog! Kör jag ner där kommer bilen att sitta fast för alltid."

Jenny satt närmast mig. Hon hade kanat fram och tillbaka på sätet och stött emot mig så jag nästan inte kunnat växla.

"Om vi inte varit beroende av den här skräcklådan för att komma tillbaka till staden hade min rekommendation varit att köra ner."

Jag noterade Jens leende bakom hennes profil och lyckades pilla in backen efter att ha slagit spaken två gånger mot Jennys knä. Till min förvåning fanns det en någorlunda plan yta mellan två granar där jag kunde backa in. Vi klev ur och smällde igen dörrarna. Irritationen ville inte lägga sig.

"Om jag berättar för folk att jag varit ute i skogen och kört på blåbärsris kommer de vita rockarna och hämtar mig."

Min gest omfattade naturen omkring oss.

"Varför köra åt sidan på en sådan här väg? Jag gissar att frekvensen är två bilar om året."

Vi traskade runt pölen. Jens pekade mot den fuktiga marken.

"Fel, Freddy, det här är färska spår. Kan inte vara mer än några timmar gamla."

Jag tittade på spåren.

"Det är traktorspår. Traktorer behöver inga vägar."

"I den här terrängen gör de det."

Han stannade och kupade handen bakom örat. Det gick att uppfatta ett svagt motorljud.

"Hör du, boss. En Ferguson, femtiosjua."

Jag tittade på Jenny som rörde sig som ett rådjur i det kuperade landskapet. Hon såg ut som om hon skulle börja skratta.

"Är du säker? Jag tycker det låter som en femtiosexa med överliggande vevpartiklar."

Jens såg allvarlig ut.

"Vevaxlar heter det. Min farbror har en bondgård på Fyn. Jag har kört hans Ferguson många gånger. Går inte att ta miste på det ljudet."

I mina öron lät det som vilken motor som helst.

"En femtiosjua är mer än ett halvsekel gammal. Skrotfärdig."

"Man skrotar inte Ferguson."

Vi förstod att traktorn stod stilla eftersom ljudet inte flyttade sig och ingen trampade på gasen. När jag påpekade det sade Jens att ingen trampar på gasen på en Ferguson femtiosjua. Man gasar med en handspak.

Efter femtio meter öppnade sig skogen. En stor mosse med pinniga tallar förändrade sceneriet. Jag välkomnade ljuset. Täta granskogar gör mig nervös. Jenny försvann och återvände med en prickig svamp. Såg väldigt god ut sade hon. Jens och jag tittade på varandra. Minsta barn vet att flugsvampar är giftiga. Jens gjorde en gest som övergick till skräckslagen när hon förde den mot munnen som för att smaka. När hon nått sitt syfte – våra skräckslagna miner – log hon och kastade svampen.

Vägen delade sig och vi valde spåret som ledde till ljudet. Den här vägen hade jag gärna kört med min bil. Ytterligare femtio meter bort fick vi syn på den lilla traktorn utan förarhytt. Den brummande motorn var det enda ljudet i tystnaden. När vi var tillräckligt nära nickade Jens bekräftande.

"Ferguson, femtiosjua."

Jenny log uppgivet.

"En konvertibel, förstår jag."

En lång, smal man kom ut ur skogen med en motorsåg. Hans sätt att betrakta oss indikerade kamp mellan motvilja och nyfikenhet. Jag gissade att sociala livet var sparsamt på sådana här platser. Vi förstod att det här var bonden Matts hade pratat om. Hans granskning bestod inte av en skygg blick medan han låtsades upptagen med något annat. En konstkännare som studerade en nyupptäckt Picasso kunde inte varit mer koncentrerad. Vi stannade några meter ifrån honom och noterade att blicken mildrades när den hamnade på Jenny. Jag kände mig tvungen att kläcka ur mig något käckt.

"Hej. Fint väder."

Inget svar och ingen synlig förändring i hans attityd. Jag undrade om jag såg lika dum ut som jag kände mig.

"Ute och sågar?"

Jag gissade att min stadsdialekt inte höjde min status. Jag kastade en vädjande blick på Jens och hoppades att han skulle hjälpa mig. Det gjorde han inte men det gjorde Jenny. Skall man beskriva Jenny med ett ord måste det bli frejdig.

"Fin traktor. Femtiosjua?"

Misstänksamheten övergick i nyfikenhet.

"Hur vet du det?"

Hon nickade mot instrumentbrädan.

"Det var året dom ändrade formen på bränslemätaren från fyrkantig till rund."

Hade jag sagt något liknande hade jag mötts av gapskratt eller hånfulla kommentarer. Fyrkantiga bränslemätare finns inte i min föreställningsvärld. Mannen nickade tveksamt.

"Var det? Kände jag inte till." Hans min talade om att han tyckte det var korkat att ändra den formen men han såg ändå imponerad ut. Antagligen för att en snygg tjej kände till sådana saker.

"Har ni kommit för att titta på tjärnen där de dumpade gubben? Det är tjugo minuters promenad. Är ni journalister?"

Jag log tveksamt.

"Vi jobbar på uppdrag av en släkting till den döde. Så du har haft besökare? Mest lokalt folk gissar jag."

"Dom kör en annan väg. Bara främlingar kommer den här vägen. Pressfolket och polisen förstör min väg med sina tunga jeepar."

"Så du har svarat på en massa frågor?"

Han lade motorsågen på traktorns säte.

"Polisen undrade om jag hade lagt märke till oväntade besökare vid tiden när kroppen hamnade i tjärnen."

"Hade du?"

Det blev tyst en stund. Det verkade som om han valde mellan ett antal passande svar.

"Nix. En eller två bärplockare kan dyka upp. Annars ser jag inte en själ. Det är ganska jobbigt att ta sig hit." Han nickade mot vägen som försvann in i skogen igen femtio meter längre fram. "Förr i tiden hyrde jag ut en liten stuga men den är förfallen nu. Har inte tid att ta hand om varken hus eller hyresgäster. Stadsfolk tycks tro att jag ingår som personlig betjänt när de betalar hyran."

Hans blick kunde tolkas som att jag personligen var ansvarig för stadsfolkets beteende. Jens tog över.

"När hyrde du ut senast?"

"För femton år sedan. En kvinna från Göteborg och hennes dotter hyrde hela sommaren."

"Kommer du ihåg hennes namn?"

"Nej, men hon såg förbannat bra ut."

Han log för första gången och placerade blicken på en annan tjej som såg förbannat bra ut. Hon besvarade gesten med bedövningsvarianten av sitt leende. Mannen famlade efter stöd som råkade bli en stänkskärm. Jenny nickade belåtet.

"Skulle du känna igen henne från ett foto?"

"Nej, mitt minne är inte så bra." Ett annat minne drog hans läppar till ett mer insinuant leende. "Några ungdomar smög omkring stugan tidigt på morgnarna. Hon brukade göra gymnastik på gräsmattan. Spritt naken."

Jag gissade att det inte bara varit ungdomar som smugit omkring. Anblicken av Margaret Rolf utan kläder hade inte jag haft något emot. Han tittade på Jenny som om han klädde av henne i tankarna. Hon hade åtsittande jeans och en luftig t-shirt. Jag avbröt med en harkling.

"Var de ensamma hela sommaren?"

"Nej, två snubbar kom regelbundet på besök. De kom aldrig tillsammans. Den ene hade en snofsig amerikanare. Vägen var bättre då."

"Skulle du känna igen någon av dem?"

"Jag såg dem bara genom vindrutorna."

Jens touchade fram anteckningssidan på sin mobil.

"Har någon varit här nyligen och ställt frågor om stugan och hyresgästerna?" Han beskrev Leopold Matts.

"Nej, inte ens polisen. De tyckte väl inte att det hade med begravningssnubben att göra."

"Finns det någon som skulle kunna komma ihåg kvinnan och hennes besökare?"

"Det är bara jag som använder den här vägen och det är nog bara jag som kommer ihåg henne."

"Smygtittarna?"

"Skulle dom medge att dom varit här?"

Jens stoppade ner mobilen.

"Finns det något att se vid tjärnen?"

"Bara om du är intresserad av trollsländor. Jag tror inte dom har dumpat en begravningsgubbe till."

"Då är det lika bra att vi traskar tillbaka till bilen?"

"Skulle tro det."

Vi kände hans blick på våra ryggar när vi gav oss iväg. Eller den kanske vilade på Jennys stjärt som antagligen vickade på ett trevligt sätt. När vi var utom hörhåll tittade jag frågande på henne.

"Hur vet du att dom ändrade formen på bränslemätaren?"

Hon gav mig blicken som säger 'stackars Freddy, fattar du aldrig'.

"Dom har inte ändrat. Det var bara ett sätt att få honom att prata. Jag tror inte du är i form för det här, Freddy. Pumpa upp lite adrenalin."

Vi gick tysta och fundersamma tills vi var inne i skogen igen. Atmosfären ändrades till mystisk och mörk. Tjocka stammar skymde sikten åt alla håll. Jag är inte förvånad att så många hemska historier utspelar sig i skogar. Jens såg också ut att vara på sin vakt.

"Har du någonsin sett en älg, Freddy?"

"Bara i inhägnaden i Slottsskogen. Jag vill inte se en nu." Jag rös till när fantasin manade fram ett av de väldiga djuren. "Undrar varför han förnekade att han pratat med Matts?"

Jenny hoppade över en rot.

"Han förnekade inte, boss. Han har inte pratat med Matts. Finns ingen anledning att förneka en

74

sådan bagatell. Vår datanörd vet någonting han inte vill dela med oss. Vi måste ta itu med undersökningen av sjukhusen."

"Varför sjukhus?"

"Det här med blodgrupper stör mig. Blodtester gör man på sjukhus. Vi borde ha ett foto av Matts."

Jag halkade till på en våt klippa och fick tag i Jens axel innan jag stöp omkull.

"Margaret höll tydligen öppet hus under semestern. Undrar vilka besökarna var."

"Kan ha varit vilka som helst. Troligen Bendow. Vi kan fråga Christine, hon var där."

Jenny gjorde en äcklad grimas.

"Måste ha varit en trevlig upplevelse för en tolvårig tjej att sitta i köket medan mamma underhöll horbockar i sängkammaren. Det är sådana minnen man förtränger."

"Hon hade det likadant i stan."

Axelryckningar bekräftade att det nog varit så. Jens tog ett djupt andetag.

"Vi måste fråga henne ändå."

Vi spärrade upp ögonen när vi såg en stor Jeep blockera vägen där min buss var parkerad. Jens gjorde en svepande gest.

"Vad är detta? Jag hörde någon prata om två bilar om året på den här vägen."

Jag förstod ingenting.

"Kan det vara en av de här galningarna som härjar i ödebygder. Sådana som inte tycker om främlingar."

"Kom igen, boss. Tror du att bonden ringde någon på sin mobil och att den personen tog sig hit på fem minuter? Det tog oss en kvart att skumpa hit från stora vägen."

Jenny gick förbi oss och pratade över axeln.

"Det är nog den lokale miljöinspektören som har fått tips om att någon försöker dumpa sin skrotbil."

När vi kom närmare klev en storvuxen man fram bakom bilen. Jag hade föredragit den lokale inspektören. Den lite mindre inspektören Bronsberg dök upp på bilens andra sida. Kommissarie Robertson granskade oss som om han studerat en hög som hunden gjort på finrumsmattan. I ögonvrån noterade jag att Bronsberg kämpade för att hålla tillbaka hånflinet. Jag pressade ut mitt berömda gråtfärdiga leende.

"Hej, kommissarien. Long time, no see."

"Not long enough." Han suckade djupt. "Varför är jag inte förvånad. När ett fall är så rörigt det kan bli dyker Freddy Larsson upp och gör det rörigare. Jag förmodar att det finns en krystad förklaring till din närvaro."

Jag kände på mig att vilken förklaring jag än presterade skulle den klassas som krystad. Magister Jens försökte komma till undsättning.

"Anar jag en negativ attityd till ärbara medborgare som gör sitt bästa för att bistå en överansträngd poliskår?"

"Om det är vad ni håller på med så är svaret ja."

Min berömda harkling gick upp i falsett innan jag fick ordning på den.

"Vi är anlitade av Christine Rolf för att bringa klarhet i det här med blodgrupper och vem som har rätt till vad i arvet efter Bendow."

"Hur tänker ni åstadkomma det? Genom vattenprov i tjärnen?"

"Vi måste börja någonstans. Matts berättade att han fått information av skogsägaren."

"Vilken information?"

Jag tvekade. Robertson brukar inte vara så barsk när Jenny är närvarande. Tydligen var han ordentligt irriterad. Jag vet att han är känslig när det handlar om missar han gjort under utredning och som andra inte har missat. Som om man försöker lära honom hans jobb. Jens är bättre på diplomati än jag.

"Han talade om att Margaret och Christine tillbringade en sommar i en stuga här för femton år sedan."

"Var finns den stugan?"

"Det sade han inte men han är kvar där borta."

"Bra, det är honom vi kom för att träffa." Hans ansikte var fortfarande stelt. "Säg mig en sak, Jensen. Vad skulle du säga om jag klev in i ditt klassrum och tog över lektionen."

Jens svalde tungt. Han förstod vad som var på väg.

"Om du gjorde bra ifrån dig skulle jag tacka dig och ta ledigt resten av lektionen."

"Och om jag inte gjorde bra ifrån mig?"

"Då skulle det vara min plikt att tacka dig för din goda vilja och rekommendera lite praktik."

Robertson klev in i muskelbilen.

"Fundera på det när ni skumpar tillbaka. Om det där kadavret orkar hela vägen."

Jeepen rullade genom jättepölen som om den inte funnits. Jag gjorde en hjälplös gest.

"Jag undrar vad som skulle hända om man spelar tuff mot Robertson?"

Jag såg på minerna att jag formulerade deras tankar. Jens drag hängde som på en utskälld hund.

"Är det vad du planerar?"

"Naturligtvis inte. Vet du vad jag tror; innerst inne är han glad att vi dyker upp då och då och piggar upp honom. Tänk dig att jobba varje dag med Bronsberg. Han spelar bara sin roll när han går på så där."

Jenny gav mig en uppgiven blick.

"Nej, Freddy."

"Jodå, det är precis vad han gör."

"Kanske det, Freddy men jag tror inte att du piggar upp honom."

Trängningar och Intrång

Jag har ofta hört att män får problem med blåsan när de blir äldre. Ämnet brukar behandlas från den skämtsamma sidan på puben.

Jag tyckte också att det var roligt. Tills nu. Jag hade aldrig haft sådana trängningar. Ingenstans att slinka in trodde jag tills jag upptäckte att jag befann mig utanför Averanders kontor. Jag ställde cykeln mot husväggen. Rusningen uppför trapporna tillhör de rappaste prestationerna i mitt liv. När jag stod utanför dörren till kontoret kom jag att tänka på historien om mannen som uppfann steppdansen. Han som hade sju döttrar men bara en toalett. Jag tryckte på ringklockan. Ingen surrande ton men en lampa tändes och dörrlåset klickade till. Jag öppnade snabbt. Ingen sekreterare. Hon var nog på lunch. Om hon varit inne hos advokaten hade den dörren varit öppen. En annan dörr i ändan av rummet kunde vara den jag längtade efter. Jag kastade mig in. Anblicken av toalettstolen var den vackraste syn min blick någonsin träffats av. Fast vacker är nog inte rätt ord.

När jag kom tillbaka till receptionsrummet slog det mig att jag befann mig på otillåten plats. Och det hos en advokat. Olaga intrång, hemfridsbrott, allmänfarligt beteende var några av de rubriker som for igenom mitt huvud. Och min ankomst hade registrerats av kameran utanför dörren. Om jag inte gav mig till känna skulle lagens väktare undra vad jag haft för mig. Så jag stod kvar och kände förlamningen sprida sig från hjärnan ner till fötterna. Troligen fanns det en kamera i det här rummet också.

JAG BESLÖT ATT LÅTSAS att jag kommit för att besöka advokaten. Trots allt var jag inte okänd på platsen. När jag lyfte handen för att knacka på kontorsdörren hörde jag röster. Det var ytterligare en lättnad. Ursäkten formades snabbt i huvudet. *Jag skulle boka tid men sekreteraren var inte på plats och när jag skulle knacka på hörde jag att advokaten var upptagen så jag väntade i förrummet.* Till min förvåning kunde jag höra tydligt vad som sades i rummet. Jag trodde att dörrarna i de gamla förnäma husen var ljudisolerande. Jag kände igen båda rösterna. Den andra var Christines låga stämma. En av replikerna väckte detektiven inom mig. Jag vet inte hur länge samtalet pågick men mina receptorer arbetade för fullt. Jenny brukar skoja om att det går sakta när farbror Freddy aktiverar cellerna men jag har ett bra minne som just nu packades med sensationer. Jag hörde att rösterna tystnade och när man sade adjö tog jag också adjö och slank ljudlöst ut genom dörren. Färden nerför trapporna hamnade på silverplats i min löparkarriär. Jag kastade mig på cykeln och svängde runt närmaste hörn.

Femtio meter längre bort slank jag in i ett litet kafé. Medan kaffet svalnade skrev jag febrilt i min lilla anteckningsbok. Upphetsningen gjorde att blodet pressade hjärncellerna till det yttersta. Replikerna satt som stålnitar i minnet. Problemet skulle senare bli att tyda kråkfötterna men det skulle gå med hjälp av Jens och Jenny. Jag satte belåtet punkt i boken och tänderna i wienerbrödet. Om en timme skulle jag träffa Jens och Jenny hemma hos mig för traditionell drink innan vi går ut och äter fredagsmiddag på en restaurang som Jenny väljer ut. Hon följer med i uteätarnas spalt i GP och vet var det är dyrast.

Just nu bekymrade det mig inte. Den nya informationen gav en euforisk känsla. Den innebar också att fallet tagit en helt ny vändning och hettat till ordentligt. Mobilen pep. Enda övriga gäster var två tjejer i tjugoårsåldern. De tittade inte åt mitt håll. Jag hade kommit ner i mitt vanliga varvtal när jag svarade. Jenny undrade var jag höll hus. Hon var hemma hos mig och väntade. Jag berättade att jag satt på ett kafé och drack kaffe. När hon hörde var kaféet låg sade hon att hon skulle vara där om fem minuter.

Sprängfärdig av belåtenhet tyckte jag det skulle bli skönt att lätta på trycket. När jag ringde av pep det igen, den här gången ett sms. Jag kände mig väldigt upptagen och tittade på tjejerna för att se om de förstått att det satt en viktig person några meter från dem. De tittade fortfarande inte åt mitt håll. Sms:et var från Jens som också undrade var jag befann mig. Jag knappade in svaret.

Utsikten från kaféet var inte bedövande vacker men just nu var jag så nöjd med min prestation och min sanslösa tur att jag tyckte att den grå stenväggen mittemot var fullt acceptabel som blickfång. Jag råkade få syn på mitt ansikte i en reflekterande yta och rättade till minen.

Jag höjde handen till slapp hälsning när Jenny tittade in genom fönstret. Hon skyndade sig in som om hon anade att något hade hänt. Alltid ivrig att ta över när det hettar till. Hon hann bara sätta sig med sitt kaffe och en räksmörgås när en cykel bromsade in och parkerades mot husväggen. Jens slutar tidigare på fredagar och tycker om att cykla en stund efter jobbet.

Jens älskar att strö aforismer och citat omkring sig. Vissa tror jag han tänker ut själv. Det som studsade över bordet när han slog sig ner med kaffe och skinkfralla inspirerades av åsynen av mitt pompösa ansikte. Det berättade han senare. Han smakade på kaffet och tog på sig magister-minen.

"En av de svåra konsterna i den narcissistiska tid vi just nu genomlider är att komma över respekten för sin egen betydelse. Vissa försöker och klarar det inte, andra försöker inte ens. De är så nöjda med sig själva att belåtenheten står som en sky runt dem."

Sade han och tittade på mig. Jenny log muntert.

82

"Jag tror att han försöker se mystisk ut. Han kan inte hjälpa att det blir så där i stället. Han har något på hjärtat som måste ut innan det pumpar upp fejset ännu mer. Jag känner en kille som går på kortisonbehandling. Han ser likadan ut."

Jag halade fram min anteckningsbok medan jag drog en kortversion av tillfälligheten som lett till manövern med tjuvlyssnandet. Jenny himlade med ögonen.

"Snälla Freddy, säg att jag hörde fel. Du blev så pinknödig att du måste rusa in på ett advokatkontor och väl där utförde du din hittills främsta bedrift som privatdeckare?"

Jens fyllde i.

"Det man inte har i huvudet kan man ha någon annanstans men det måste vara ovanligt att man har det i blåsan."

Jag brukar låta dem hållas tills de har fnissat ifrån sig. Det är ingen idé att be dem uppföra sig som vuxna människor ens när vi är på offentlig lokal. Jag sneglade på tjejerna vid bordet intill. Nu tittade de åt vårt håll och log förväntansfullt. Jag förstod att de väntade på muntrationer. Jag lyfte blicken från den öppna anteckningsboken.

De har kommit på att jag känner till platsen där kroppen hittades.

Jenny ryckte på axlarna.

"Vem har kommit på att du vet det?"

"Tyst nu och lyssna. Jag citerar vad jag hörde inne hos advokaten. Varannan replik är Averanders, varannan är kvinnans. Den första var kvinnans."

"Vilken kvinna?"

"Det förklarar jag senare. Ni behöver bara vara tysta och lyssna."

Jag började som om jag läste högt ur ett manus och repeterade den första repliken. Tack vare att samtalet var färskt i minnet var det lätt att tyda kråkfötterna. Som om jag var huvudperson i ett drama lät jag blicken vandra mellan deras ansikten innan jag fortsatte. Regissör Larsson i sitt esse, hann jag tänka.

"Vem har kommit på?"

"Polisen. De måste ha varit där och ställt frågor."

"Vem berättade?"

"Den store hövdingen själv. Robertson. Han kallade mig till polishuset."

"Jag hade hoppats att Andersson hade glömt."

"Man glömmer inte Margaret Rolf. Borde du veta."

"OK, från och med nu är det viktigt att våra svar på polisens frågor är koordinerade. Till exempel, vad svarar du om de frågar om hon höll mottagningen öppen i stugan?"

"Tänk om Andersson berättade det också?"

"Det har du rätt i. Då får du tänka ut beskrivningar som inte matchar de verkliga besökarna. Använd Helan och Halvan som modeller."

"Jag är för ung för dem. Då får jag hyra filmer. Men oroa dig inte. Jag fixar det."

"Du är en klipsk flicka."

"Jag vet. Måste jag ha från mamma?"

"Om de frågar om din relation till mig?"

"Ingen relation. Du är min advokat i samband med Bendows testamente. Jag hade inte sett dig innan du kallade mig för att läsa upp det."

"Det är tyvärr den illusionen vi måste hålla oss till resten av mitt liv. När jag är borta väntar en förmögenhet till. En annan sak, jag tror inte det var en särskilt bra idé att engagera den där privatdeckaren. Matts kanske inte är en bedragare och om han får reda på att du inte är Bendows legitima dotter kan han få för sig att bestrida testamentet. Argumentet skulle kunna vara att Bendow ville att hans kvarlåtenskap skulle gå till hans eget kött och blod."

"Det kommer väl inte att lyckas?"

"Han kan påstå att Margaret lurade Bendow att tro att du är hans dotter. Hennes yrke ger Matts ett drömläge."

"Prata inte om hennes yrke är du snäll. Kan jag engagera dig som advokat i det ärendet också?"

"Arvsrätt är inte mitt område men jag skall hitta någon åt dig. Men först av allt får du göra dig kvitt privatsnoken innan han blir misstänksam. Frågade han om du känner till regionen kring tjärnen?"

"Inte vad jag kan påminna mig."

"Fick du intryck av att polisen misstänker dig för inblandning?"

"Nej. Jag sade att jag inte kom ihåg den sommaren och att jag inte skulle hitta platsen om mitt liv hängde på det."

"Driv det inte för hårt. Dom blir alltid misstänksamma när minnet suddar ut avsnitt som är till nackdel. Om de pressar dig så är det bättre att låta minnet återvända."

"Vad skall vi göra med Matts? Ignorera honom?"

"Låt honom ta nästa steg. Tiden är på vår sida. Vilket är ditt intryck av honom?"

"Jag föraktar honom så mycket det går att förakta en människa. Det där lismande sättet och rösten som åker upp och ner. Jag kan inte tänka mig honom som son till kultiverade, vänlige Sven Bendow."

"Då är vi inne på ämnet gener i konflikt med påverkan. Inget vi kan använda i rätten, är jag rädd. Men trots hans motbjudande egenskaper fick jag intryck av ett skarpt intellekt. Vi måste vara försiktiga."

"Han hade mage att påpeka att han och jag var syskon. Jag höll på att kräkas."

"Han är ett slemmigt kryp. Om han kommer för nära tar jag hand om honom."

Det var hela samtalet. Jag tittade upp från anteckningarna och noterade att mina åhörare fått något att bita i. Jens nick antydde motvillig beundran.

"Snyggt jobbat, Pinkerton. Trodde jag inte om dig."

Jag drack upp mitt kaffe.

"Snilleblixtarna bara poppar upp. Går inte att stoppa."

"Jag menade att det var snyggt att komma ihåg alltihop. Du brukar glömma ditt telefonnummer."

Jenny tuggade på sin räkmacka.

"Jag missade snilleblixtarna. Uppfattade bara nervösa trängningar."

Jag stoppade tillbaka anteckningsboken.

"Vad läser ni ut av det? Har de ett närmare förhållande än de vill ge sken av?"

Jenny torkade munnen med en pappersservett.

"Du menar om du lyssnade till ett samtal mellan en klient och hennes advokat eller ett samtal mellan två gamla bekanta?"

Just så hade jag menat. Jens hade smaskat i sig sin skinkfralla.

"Undrar vilka Margarets besökare var. Om Bendow var den ene, vem var den andre?"

Jenny anade snaskigheter.

"Andersson nämnde två bilar. En flott amerikanare. Kan vi inte börja där."

Jag protesterade.

"Den bilen är i så fall omkring tjugo år. Skrotad för längesedan."

Nu protesterade Jens.

"Kan vara en veteranbil. De skrotas inte."

Jenny tittade fundersamt på mig.

"Kunde Averander ha något annat intresse av Bendow. Hans pengar till exempel?"

Jens skakade på huvudet.

"Vet du hur mycket en advokat tjänar?"

Jag men anade att det var skapliga summor.

"Vad menade han med att när han dör väntar en förmögenhet till? På vem? Och ingen glömmer Margaret Rolf? Vad vet han om det?"

Jag såg på deras miner att de också var konfunderade. Jenny drog handen genom håret.

"Verkar som om advokaten inte bara är familjens advokat. Vi får forska i det." Hon tittade halvt roat, halvt granskande på mig. "Ett nytt uppdrag för snilleblixten. Om du inte har fått sparken förstås."

Den frågan hade också malt i huvudet.

"Det är upp till Christine att fatta det beslutet. Jag har försökt få tag i henne men hon svarar varken i telefon eller på mina sms."

"Du är kanske redan avpolletterad. Kom nog för nära henne."

Insinuationen påminde mig om att hon faktiskt visat intresse för mig som man. Inte många kvinnor har gjort det genom åren. Det påminde mig också om att jag inte varit på tu man hand med henne. Kanske skulle samtalet med advokaten få henne att ta kontakt, om bara för att säga att jag fått sparken. Men då skulle jag i alla fall träffa henne eller prata med henne i telefon.

"Okej, vad gör vi härnäst? Även om jag får sparken av henne är jag fortfarande engagerad av Matts."

Jens hade inte sagt något på en stund. Jag såg på honom att han inte var nöjd med slutsatserna.

"Jag tror att advokaten vill bli av med dig för att han är rädd att du kommer för nära honom. Vi kanske skall syna den gode mannen lite närmare."

Jag nickade. Den avmätta tonen Averander använt mot mig och tonen han använt mot Christine var som att jämföra Mahlerkonsert med tradjazz på Dixie House. Vi hade många att syna, inte minst Matts. Jag beslöt att börja i den änden. När vi trampade hemåt lade jag upp taktiken. Faktiskt började något som liknade en snilleblixt formas.

Nej men hej, Freddy

Jens sade en gång att förutsättningen för prestationsångest är att man presterat någonting. Det håller jag inte med om. Ångesten kommer för att man inte presterar. Jennys invändning att det vanligaste är att man varken presterar eller får ångest avslutade funderingen.

Än en gång satt de bredvid mig på bänksätet. Jenny närmast och Jens till höger om henne. Tanken var att Jens skulle sticka iväg med kort varsel. Han gjorde en trött gest.

"Om detta är vad du kallar snilleblixt vill jag inte höra din version av korkad. Varför går du inte själv?"

Jag var ganska nöjd med min planering.

"Kommer du ihåg att vi snackade om skillnad mellan intelligens och klokhet? Att klokhet inte går att mäta men att klok vinner i längden?"

"Jag minns varken formuleringen eller slutsatsen men jag minns att ämnet var uppe till debatt. Finns det en poäng?"

"Det är poängen. Klokheten drar längsta strået."

"Om du är den kloke, vem är mästarhjärnan?"

"Det trodde jag du var."

Jag ignorerade Jennys fnissning. Jens hämtade luft med ett djupt andetag.

"Okej. Jag skall lagra reflexionen i minnet. Om logiken uppenbarar sig skall jag göra en anteckning och återkomma." Han gjorde en gest som omfattade närmaste omgivningen. "Har valet av parkeringsplats något med snilleblixten att göra?"

Jenny fnissade igen. Vi stod på Grönsakstorget av en anledning men inte den han insinuerade. Strax intill fanns Matts firma. Jag hade varit där samma förmiddag för att lämna rapport. Lokalen såg ut som väntat där nördar står för ordningen. Kablarna på golvet påminde om en illa flätad dörrmatta, kaffekoppar och halvätna smörgåsar ockuperade de fria ytorna. Mitt ärende var lämna rapport och Matts hade sett viktig ut. Jag hade spelat min roll som den omutlige spanaren med knivskarpt intellekt. Två medarbetare hade suttit vid sina datorer. En arbetsstation stod tom men ägaren till den kom in medan jag var där. Han presenterades som Glenn, en knubbig grabb med för stora glasögon. Jag förstod av de unkna skämten att han var vegetarian och kontorets mobboffer. Det var den insikten som ledde till situationen i bilen. Glenn hade berättat var han brukade luncha och att han jobbat tillsammans med Matts innan firman hade startats.

Det var hans lunchställe vi bevakade. Klockan var strax tolv. Jag kunde inte gå själv eftersom Glenn kände igen mig och kunde bli misstänksam. Jenny invände att Glenns sort är besatt av

92

datorer. Människors enda värde är att de anlitar datakonsulter. Hon jobbade med några sådana.

Jag ryckte till när en person jag kände igen sneddade över torget mot spårvagnshållplatsen. Leopold Matts i svart kostym och vit slips. Så klär man sig till begravning när någon nära anhörig har gått bort. Jag funderade en stund. Kanske hade Jenny rätt; det var bättre om jag pratade med Glenn. Han hade verkat osäker men jag hade fått intrycket att han tyckte om mig. Jag berättade också att jag tyckte det var dumt att traska runt på sjukhus för att skaffa fram upplysningar som Glenn kunde förse oss med. Jens hade inte sett Matts vid hållplatsen. Han nickade mot restaurangen.

"Tänk om Matts är med honom?"

"Glenn är vegetarian. De andra är normala. För övrigt står Matts vid hållplatsen i kostym."

"Vegetarianer är inte normala?"

"Jag förstår inte meningen med att byta godsaker mot palsternackor och böngroddar."

Jenny kisade mot hållplatsen.

"De har en filosofi. Och vegetariskt är inte detsamma som smaklöst. Har du någon plan? Det är många onormala som går in där just nu."

Min plan var att vänta tills Glenn dök upp, man kunde följa honom från porten. Promenaden borde ta fem minuter. Jag skulle just förklara när jag fick syn på honom. Jag flög ur bilen och småsprang mot matstället.

Dörren slog igen när jag kom fram. Perfekt så långt. Jag ställde mig bakom honom i kön och tog en bricka. För att väcka hans uppmärksamhet råkade jag komma emot hans bricka med min. Han vände sig om, kastade en blick på mig och sken upp.

"Nej men hej igen, Freddy. Är du vegetarian?"

Jag hade inte förberett mig på den frågan och nickade fånigt. Jag inte hade en aning om vad jag skulle beställa men det var ett tillfälle att inleda konversationen.

"Det är första gången jag är här. Kan du rekommendera någonting?"

"Jag brukar alltid satsa på dagens. Det är mycket mat och går snabbt. Men om du hellre..."

Jag placerade en flaska mineralvatten på brickan med en duns för att avbryta vad jag fruktade var en föreläsning i vegetarisk filosofi.

"Jag tar samma som du. Jag förstår mig inte på köttätare."

Några personer hade ställt sig bakom mig. Jag tittade inte på dem just nu men det skulle jag göra en stund senare. Med fasa. Glenn fick sin tallrik och halade fram plånboken.

"Inte jag heller. Det är bestialiskt."

Han tittade sig omkring i lokalen. Det fanns ett bord för fyra ledigt. Han nickade ivrigt.

"Det är ganska mycket folk. Om du vill kan du sitta vid mitt bord."

Jag nickade tillbaka och undrade var jag annars skulle sätta mig. De två som kommit efter oss skulle få svårt att hitta en plats. Trodde jag.

"Det var vänligt."

Han trippade iväg på sina små fötter. Glenn hade nog inte många vänner. Han åt inte ens tillsammans med sina jobbkompisar. Kunde inte bara bero på att han var vegetarian. Vegetariskt kan man få på vilken restaurang som helst nu för tiden.

Jag slog mig ner mittemot honom. Maten såg inte så konstig ut som jag väntat mig. Potatis med något som såg ut som pannbiff. Medan jag letade efter en angreppsvinkel hörde jag en otäckt bekant röst fråga om platserna var lediga. Samtidigt såg jag Glenn skina upp. Jag förstod att han fått syn på Jenny med chockleendet. Glenn gjorde en överdriven gest som om han var rädd att den söta illusionen skulle försvinna om han inte skyndade sig. Jens slog sig ner bredvid mig och Jenny mittemot Glenn. Jag suckade tyst. Hela min planering åt skogen.

Medan jag funderade på om jag skulle presentera dem eller ignorera hörde jag Jenny göra just det. På sitt eget sätt.

"Nej men hej, Freddy. Vad gör du här? Jag visste inte att du..." Hon hejdade sig och tittade på Glenn. "Hej, jag heter Jenny."

Jag undrade om deja vu känslan berodde på att Glenn hälsat på samma sätt eller om situationen påminde om hundratals liknande situationer i

Jennys sällskap. Glenn presenterade sig med ett leende som hade fortsatt runt hela huvudet om inte öronen tagit emot. Jennys förmåga att få alla på gott humör bekräftades. En gång hade hon presenterat sig med orden *Jenny Larsson, snyggast i stan.*

Pannbiffen smakade bönor. Inte dumt alls. Jag visste att Jenny inte är ovan vid vegetariskt. Hon äter allt.

"Och vad sysslar Glenn med?"

Glenn berättade stolt att han var i databranschen. Jag hade väntat att Jenny skulle dra hela sitt livs datahistoria och nämna vilka program hon jobbade med. Därefter skulle de förlora sig i fikonspråk; framtiden för vissa system och döden för andra. Men hon nämnde inte ens vad hon jobbade med. Lätt irriterad hörde jag henne ställa de frågor jag tänkt ut.

"Ganska mycket pengar i branschen?"

"Just nu går det bra. Vi jobbar en massa övertid. Men det är synd att klaga. Chefen jobbar lika mycket som vi."

"Det var skönt att höra. Annars är det inte ovanligt att chefen inte gör någonting medan medarbetarna sliter häcken av sig."

Jag behövde inte titta på henne. *Chefen gör ingenting och någon annan gör hans jobb.* Just nu Jenny. Men chefen hade inte bett om hennes hjälp. Glenns gaffel beskrev en cirkel.

"Inte Matts inte. Han är arbetsnarkoman. Har han alltid varit."

"Känner du honom sedan tidigare?"

"Vi jobbade på Sahlgrenska. Det var där vi träffades. Datorer och programvara. Tycker du om maten?"

Frågan ställdes som om det var han som lagat den. Han hade glömt att jag fanns. Jens hade han inte ägnat en blick. Men så fungerar Jennys magi. I hennes roll ingick att vara ovetande om Matts.

"Jättegott. Så du har känt Matts i många år? Vad heter han i efternamn?"

"Matts är hans efternamn. Han heter Leopold i förnamn." Glenn sköljde ner en tugga med vatten. "Men så hette han inte när vi träffades. Per Svensson hette han då. Men det dög inte när han blev företagare."

Jag tittade på Jens och såg att han rynkade pannan. Det gjorde jag också. Namnet på födelsecertifikatet hade varit Leopold Matts. Jenny ryckte på axlarna.

"Han kanske inte gillar sina föräldrar."

"Så kan man kanske uttrycka det. Hans mamma är mentalt störd. Inlåst på någon institution. Ena minuten är hon helt normal, nästa helt borta. Elak och grinig. Schizofreni."

"Och fadern?"

"Han var okänd tills helt nyligen. Har du hört talas om en snubbe som hittades i en tjärn någonstans inåt landet?"

Jenny nickade. Han fortsatte med dämpad röst.

"Det var hans far. Konstaterat med dna." Han tittade på klockan. "Begravningen är idag. Västra kyrkogården om en timme."

Han skakade på huvudet som om det var en korkad idé att gå på begravningar.

"En mindre på kontoret sätter press."

Titten på klockan fick honom att inse att samtalet hade fått tiden att rusa. Plötsligt hade han bråttom och lassade in maten. Att jobba för Leopold Matts innebar tjugo minuters lunchrast. Vi ägnade oss också åt våra portioner. När Glenns tallrik var tom sökte han Jennys blick och tackade för sällskapet. Hon svarade med det vackra leendet. Han sprang nästan omkull en gäst när han skyndade sig ut mellan borden. Han hade inte tackat Jens och mig för sällskapet. Den sista kvarten hade han inte sett oss. Jag suckade och tittade på Jenny.

"Tack, chefen. Säg till om du behöver hjälp."

Jens skrattade högt. Han har också ett smittande skratt när han vill.

"Stackars Pinkerton, har hon varit dum mot dig igen." Nu tittade han på klockan. "Skynda på så vi hinner byta om."

Jag skakade på huvudet. *Ta-över-sjukan* verkade vara epidemisk.

"Skynda på? Byta om?"

"Till begravningen."

Jag tänkte invända att vi inte var inbjudna men insåg att det var ett tillfälle att registrera utseenden. Ceremonin i kapellet kunde vi hoppa över, samlingen vid graven var intressantare. Jag hoppades att det inte var kremering. När vi kom tillbaka till bilen satt en lapp på vindrutan.

"Betalade ni inte parkeringsavgiften?"

"Trodde vi att du hade gjort."

Mitt förråd av suckar var slut för dagen. Vi klev in och rullade iväg. Jennys charm hade lockat ur Glenn detaljer som han inte skulle berättat för mig. Vi hade gott om samtalsämnen.

Sista Vilan

Den plats vi sökte var inte svår att hitta. Bara att titta efter bilar som stod parkerade på konstiga ställen och mörkt klädda människor. Det var traditionell gravsättning och ceremonin var i full gång. Ingen tittade åt vårt håll när jag parkerade utom synhåll. Vi stängde dörrarna som om de varit gjorda av glas. En parkbänk stod så väl till att den kunde varit placerad efter våra anvisningar. Vi kunde se allt som tilldrog sig kring graven men avståndet var för långt för att studera ansikten. Kistan hade firats ner och männen som skött den detaljen drog sig undan. En cypress skymde deltagarna som väntade på sin tur att ta farväl. De syntes inte förrän de radade upp sig vid graven. Det var som om någon iscensatt en pjäs där aktörerna kom in på estraden en och en och lämnade efter avslutat nummer. Jenny satt på den sida av bänken som var längst ifrån händelserna. Hon skymdes även av våra kroppar när hon riktade en liten kikare mot sällskapet. Jag kände igen den som min lilla deckarkikare som brukar ligga i handskfacket. Jag hade inte tänkt på att plocka den med mig. Min axel fungerade som stöd. Hon rapporterade med låg men spänd röst.

"Christine går fram till graven nu. Slänger ner några blommor. Niger och går tillbaka. Ser inte särskilt ledsen ut."

Vi kunde se utan kikare att hon gick fram till graven men vi såg inte hennes minspel. Jennys röst fick en mindre angenäm biton när nästa gäst traskade fram.

"Nu går datakonsulten fram och bugar. Han ser ut som om han skall börja gråta."

Jag gjorde en äcklad grimas. Hycklaren hade aldrig träffat mannen i kistan, ändå var det han som spelade den store sörjaren. Vi såg utan kikare att han tog fram en näsduk och torkade ögonen. Jenny riktade kikaren lite åt sidan.

"En kvinna går dit. Kan inte se hennes ansikte. Hatt med tätt flor. Kanske en anställd på Bendows firma. På andra sidan graven två allvarliga män med ryggarna hitåt. Det är nog delägarna. Ser mer likgiltiga än ledsna ut."

Jag såg att männen lade ner en krans och att kvinnan kastade ner någonting. Jenny såg mer.

"Oj, vilken jättebukett. Måste ha kostat en slant. Ganska snygg kappa. Grå med pälsbrämad krage. Mörkgrå stövlar. Också dyra."

Hon nämnde ett fabrikat som jag inte hört talas om. Jens blick mot himlen talade om att han inte var intresserad av stövlar. Jag skulle just be henne hålla sig till saken när hon drog efter andan.

"Nej men vad är detta?" Hon tystnade en stund. Vi kunde se att det var två män till men de hade ryggarna mot oss. Den ene var en bjässe. Han höll en hatt i handen. Den andre var mindre. De stod vid gravkanten så länge som konvenansen krävde. Jenny tog kikaren från ögonen.

"Robertson och Bronsberg. Vad har de här att göra?"

Jens tittade bort mot sällskapet. De två polismännen var de sista av den lilla gruppen. Prästen tog plats vid gravöppningens kortsida och började läsa med mässande röst. Det var så tyst att vi kunde höra enstaka ord. Jag gjorde en slapp gest.

"Samma ärende som vi. Kolla vem som dyker upp." Jag reste mig upp. "Okej, uppdrag slutfört. Klockan är snart fyra. Skall vi ta en drink hemma hos mig?"

Drink godkändes men mitt tråkiga kontor skulle göra oss ännu dystrare. Jens kände att han behövde piggas upp och föreslog ett ställe vid Klippan. Jag protesterade när jag trodde att han menade Sjömagasinet. Deras priser och min plånbok kommer inte överens. Men han menade baren i hotellet intill. Vi smög tillbaka till bilen. Inte för att vi hade något att dölja men polisens närvaro har den effekten.

Vi var ensamma i baren. Vi valde ett hörn med bekväma fåtöljer. Eftersom jag hade skulle köra bil och poliserna var färska i minnet nöjde jag mig med kaffe. Jenny valde det dyraste och Jens sin vanliga danska öl.

Jag halade fram min anteckningsbok. Efter en stunds bläddrande hittade jag sidan med titeln MATTS och lade till Per Svensson. För att markera att det var jag som bestämde inledde jag myndigt.

"Då vet vi att hans mor lever. Det öppnar nya möjligheter. Även om hon inte är fullt tillräknelig borde det finnas stunder då hon kan återkalla vissa minnen."

Jens hade en släkting med samma åkomma och berättade att starka mediciner gjorde att de mestadels fungerade normalt. Jenny tolkade inte mitt sätt som myndigt.

"Hur skall vi få reda på var hon finns? Och om vi får reda på det, hur skall vi få henne att berätta? Får man som utomstående överhuvudtaget träffa mentalt sjuka människor? De kanske blir ännu sjukare av att konfronteras med buffliga deckare."

Jag gjorde min hjälplösa gest.

"Då kanske det är bättre att konfrontera henne med stans ledande charmtroll; hon som är så duktig på att få igång folks pratorgan."

Inlägget var menat som en pik men uppfattades som en komplimang av båda lyssnarna förstod jag på Jens nickande.

"Men en av oss får nog vara med." Han tittade en lång stund på mig. "En som inte löper risk att förväxlas med patienterna."

Servitören anlände med dryckerna. Jens tog en klunk öl.

"Synd att vi inte fick reda på var Per alias Leopold verkligen är född."

Jenny smakade på sin drink.

"Hade inte Glenn sprungit iväg hade jag frågat det också."

Jens nickade.

"Jag fråga hans mor när jag träffar henne."

Jens visste inte att han tog över en uppgift Jenny hade utsett åt sig själv.

"Du vet inte var hon finns. Inte ens vad hon heter."

"Hon heter Svensson."

"Snyggt, Jensen. Kommer du ihåg fallet när vi letade en annan Svensson."

"Vi hittade henne, gjorde vi inte det?"

"Vem hittade henne?"

Jag log när jag kom att tänka på något som livet hade lärt mig. Om två är osams finns det ett enkelt sätt att bli sams; hitta en gemensam fiende. Mitt leende dog när det var precis vad som hände. Jenny spände ögonen i mig.

"Vad flinar du åt? Det är du som ställt till det."

Min blick vandrade mellan deras förargade ansikten.

"Ta det nu lugnt och låt Freddy sköta tankearbetet så ordnar det sig."

Det var ingen smart kommentar. De lutade sig tillbaka med glasen i händerna. Blickarna vilade tungt på mitt ansikte. Ingenting gör mig så paralyserad som när folk tittar uppfordrande på mig. Robertson är duktig på det. Till min förvåning kom jag på någonting.

"Tänkte ni på något annat Glenn sade? Matts släktskap med Bendow är bevisad med dna."

De svarade inte. Passade mig bra. Då kunde jag utveckla min teori.

"Han sade också att de hade jobbat på sjukhuset tillsammans. Kommer ni ihåg att vi – förlåt jag – sade att det var viktigt att ta reda på om Bendow varit inlagd på sjukhuset. Kunde varit för många år sedan."

De reagerade inte. Åtminstone inte utåt men jag visste att jag sådde frön. På sjukhus får man tag i all möjlig information. Jenny slog ut med handen.

"Han jobbade med datorer, inte patienter."

"Datorer finns överallt på sjukhus. En dataexpert har tillträde till alla rum i alla avdelningar. Kan bara påstå att det är något fel på datorn."

Jens anade vad jag var ute efter.

"Du tror att han lyckades sno åt sig blodprov från Bendow som han sedan använde som bevis?"

"Fundera på bluffen med födelsecertifikatet. Han är duktig på att manipulera."

Tanken på manipulation fick igång Jenny.

"Jag kan fixa fram uppgifterna från sjukhuset."

Jag trodde hon hade tänkt ut något knep med datorn. Hacka sig in i sjukhusets system.

"Gör inget som kan spåras till din dator."

"Naturligtvis inte. Jag tänker använda din."

Min gest talade om vad jag tyckte om det. Hon skrattade och plockade fram sin mobil. Senaste modellen med alla finesser. Efter en stunds knappande satte hon den mot örat samtidigt som hon pekade på min anteckningsbok. Vi hörde henne presentera sig som försäkringsagent och förklara sin förfrågan med att Bendows anhöriga behövde uppgifter om hans sjukdomshistoria för att kräva viss ersättning. Jag sköt över penna och anteckningsbok till henne. Samtalet blev ganska långt och vi kunde inte göra annat än titta på. När hon ringt av sträckte jag mig efter anteckningsboken. Hon slog demonstrativt igen den och lade handen över. Signalen var att detektivarbete inte är gratis. Jag plockade suckande fram plånboken och drog fram en femhundring. Till min förvåning nöjde hon sig med det. Hon stoppade ner sedeln i sin egen plånbok.

"Fem kronor för samtalet och fyrahundranittiofem för snilleblixten." Hon gav mig en sötsur blick. "Det vet väl Pinkerton att snilleblixtar är dyra."

Jag förstod att jag skulle få äta upp tjuvlyssnandet på advokatkontoret, inte minst skulle jag få ångra ordet 'snilleblixt'. Beroende på graden av tafflighet brukar straffet hålla sig mellan två och fem månader.

Jag fick tillbaka anteckningsboken. Bendow hade varit inlagd på grund av krånglande njurar. Dialys hade ingått. Han hade stått i kö för transplantation. Jens fick boken och läste medan hans huvud skakade eftertänksamt.

"Massor av tillfällen för Matts att få tag på prover men vad skulle han göra med dem? Visste han att Bendow var rik, ensam och döende?"

Vi såg på honom att just det scenariot formades som ett tänkbart motiv. Det formades i våra huvuden också. Jenny tittade ut genom fönstret. Ett stillsamt regn gjorde den grå dagern ännu gråare.

"Då undrar jag om han sade sanningen om moderns förhållande med Bendow?"

Jens hade druckit upp sin öl och vickade flaskan som tecken till servitören att han ville ha en ny.

"Kanske därifrån han fick idén. Men då är det ännu viktigare att prata med henne. Undrar om Glenn vet var hon finns?"

Jennys blick vandrade mellan våra ansikten och stannade på mitt.

"Vilken färg har Christines ögon?

"Vad spelar det för roll?"

"Kan ge en indikation. Vilken färg har Averanders ögon?"

Jag tyckte hon gjorde sig till åtlöje. Vem bryr sig om ögonfärger? Jens såg inte lika avfärdande ut.

"Du kan ha en poäng där. Okej boss, vilka färger talar vi om."

Jag gjorde min hjälplösa gest. Jens imiterade den på ett löjligt sätt.

"Du spinner på en tjej och ser inte vilken ögonfärg hon har? Om jag säger att hon har en ovanlig kombination, vad säger du då?"

Gud vad jag blir trött när de talar om saker som ingen människa lägger märke till men som de tycker att jag skall detaljstudera. Jenny suckade.

"Hon har ett neutralgrått och ett mörkblått öga. Har jag aldrig sett hos någon annan."

Den löjliga tystnaden uppstod igen med insinuanta blickar på mig. Det var Jens tur att sucka.

"Frågan upprepas, vilken färg har Averanders ögon?"

För att få tyst på dem tänkte jag säga blå. Det var bara jag som hade träffat honom. Men om de inte var blå skulle jag få äta upp det också. Jag vet nätt och jämnt vilken färg mina ögon har.

"Det var mörkt på hans kontor. Jag såg inte."

Vi började känna oss hungriga och eftersom vi satt fem meter från en restaurang bestämde vi oss för den. Vi hade förbisett en sak. Personnumret som Jens memorerat på Matts födelsecertifikat. Med hjälp av det skulle vi kunna plocka en och annan uppgift. Om det var rätt nummer. Jens plockade fram sin mobil och läste upp numret. Jenny plockade också fram sin mobil. Jens öl anlände samtidigt som ett sällskap traskade in till restaurangen. Vi beställde ett bord med utsikt över älven. Jenny var upptagen med sin mobil och Jens och jag tog tillfället i akt att besöka herrarnas lilla rum.

När vi kom tillbaka såg Jenny lika belåten ut som vi kände oss. Det var en stund kvar tills vi skulle äta och beställde jag en Campari soda. Jenny bytte min från belåten till hemlighetsfull. Jag förstod att det fanns ett budskap.

"Det är kanske bäst att du delar med dig innan du spricker."

"Neutral grå."

Där tog det slut. Jens och jag tittade på varandra med blickar som sade 'jaså, jäntan är på lekhumör'. Jens log farbroderligt.

"Jo, vi kom överens om det för en stund sedan. Christine har ett grått och ett blått öga. Men det är inget vi kan använda om vi inte vet hur de andra personernas ögon ser ut."

"Averanders ögon är neutralt grå. Båda två."

Nu stirrade vi på henne som de två brukar stirra på mig när jag har gjort en av mina tavlor. Jens gjorde en slapp gest.

"Är det dumt att fråga hur du vet det?"

Hon höll fram mobilskärmen. En distingerad herre tittade på oss med kalla grå ögon. Bilden var knivskarp. Jag kände naturligtvis igen advokaten. Jens tittade länge och koncentrerat.

"Ta mig fan."

Webbsajten hon letat sig fram till hette inte Averanders. Hans byrå ingick i ett större konsortium. När vi ryckte på axlarna touchade lite till och höll fram mobilen igen. Den här gången kunde vi beskåda Matts intetsägande ansikte och konstatera att han hade blekblå ögon. Jag tackade för uppvisningen.

"Okej, det är visserligen inga bevis, men bra underlag för spekulationer. Tänk om Margaret också har grå ögon."

Vi försökte dra oss till minnes den karismatiska kvinnans ögon från den svartvita bilden Christine hade visat. De hade varit mörka men färgen gick inte att se. Christine kunde ha sitt mörkblå öga från henne. Jenny var inte färdig.

"Matts är född i ett samhälle som heter Ljusterhulta och ligger sju mil från Göteborg. Hans riktiga namn är Per Svensson. Hans mamma heter Isabella Svensson. Också född i den byn. Det finns ett hem för psykiskt sjuka tre mil därifrån."

Jag visste att hon var blixtrande snabb med sina datorer men detta var imponerande. Och hon kunde alla genvägar på internet. Hon förklarade som om vi vore mindre vetande att det finns en myndighet som heter folkbokföringen och att den tillhandahåller alla möjliga uppgifter om medborgarna i vårt land.

Vi lutade oss tillbaka med glasen i händerna. Plötsligt hade vi något att arbeta med. Jag försökte anlägga min chefsattityd men hann bara harkla mig innan Jenny tog vid igen. Hon hade kommit upp i varv.

"Be Christine om bilder på Bendow så att du har något att visa när du besöker hemmet. Säg att du är vän till hennes son. Bre på med smicker."

Innan jag hann protestera vände hon sig till Jens.

"Kanske bäst att du följer med. Ring och beställ tid så att de hinner göra henne presentabel."

En servitris kom fram och meddelade att vårt bord var färdigt. Fast vi inte gjort annat än suttit tyckte jag det skulle bli skönt att gå och sätta mig och äta en bit. Sjötunga och ett gott Rhenvin bestämde jag mig för när vi gick in genom glasdörrarna. Den tveksamma kombinationen bilkörning och alkohol hade jag förträngt i takt med att bilden av Robertson hade bleknat.

Rätt Plats Rätt Tid

Backen var så brant att jag fick växla till ettan sista biten. Jag kastade en blick på Jens som såg ut som han höll på att somna. Jenny hade somnat med huvudet mot min axel. Jag höjde rösten för att väcka åtminstone Jens till liv.

"Vet du vad som gör den här nationen unik?"

Han öppnade sina sömniga ögon.

"Det är den enda som odlar tristess?"

"Kom igen, Jensen. Du har bott här i tjugo år, du är nästan svensk."

"Ibland är ordet *nästan* av elementär betydelse. Biologiskt är kvinnor nästan män. Det är inte likheterna som är intressanta, det är skillnaderna."

Jag gjorde en gest mot omgivningarna.

"Jag tänkte på den orörda vildmarken. Mitt i överbefolkade Europa dessa ytor, alla dessa älgar, alla möjligheter till rekreation."

"Detta är inte mitt i Europa, det är utkanterna. Dessutom är rekreationsmöjligheterna utnyttjade till bristningsgränsen." Han tittade ut genom fönstret. "Fast inte här. Varför kör vi på den här eländiga grusvägen när det finns en asfalterad väg?"

113

"Det är en genväg. Jag har studerat kartan. Det måste bli nerförsbacke ganska snart." Jag fick pressa rösten för att göra mig hörd över den kämpande motorn.

"Briljant slutsats, chefen. Det är precis den här sortens motion din bil behöver för att rasa ihop. Tror du att det finns taxi här?"

Vi kom upp på ett krön. Jag hade rätt om nerförsbacke. Den var så brant att jag fick använda ettans växel igen, nu som assisterande broms. Jag försökte muntra upp.

"Njut av den orörda naturen."

Det var ingen väl vald kommentar. När vi kommit förbi några granar som skymt sikten öppnade sig det största och fulaste kalhygge jag sett. Jens kvävde en gäspning.

"Fantastiskt vackert. Jag kommer att drömma om de här stubbarna i natt. Mardrömmar."

En grop i vägen var så bred och djup att den inte gick att styra förbi. Guppandet väckte Jenny. Hon tittade sig yrvaket omkring.

"Var är vi? Vad gör vi här?"

Jens förklarade med sötsur stämma att chefen tog en genväg. Snart skulle vi vara så högt uppe att vi kunde se bilarna som körde bekvämt på den tvåfiliga vägen vi lämnat för en stund sedan. Jag bytte ämne innan kommentarerna spillde över till naturfilmer med Landrover som kör fast i gyttjepölar. Vi var på väg att besöka Isabella på psykhemmet.

"Det är ingen bra idé att vi går in alla tre."

”Går in var?”

”Till Isabella. Hon kanske blir rädd då. Psykiskt sjuka personer kan vara oberäkneliga.”

Jenny famlade efter stöd när bilen studsade igenom en ny jättegrop.

”Försök att hålla bilen på vägen. Om det är en väg. Påminner om traktorspåret där bonden körde sin Ferguson.”

Jag suckade. Efter några kilometer planade vägen ut och sceneriet övergick till något som påminde om civilisation. Några hus trängdes kring en korsning. Jag fick vi syn på en skylt med ortsnamnet vi sökte och pekade triumferande.

”Så där ja. Vi sparade två kilometer.”

Jens stämma var fortfarande sarkastisk.

”Och förlorade tio minuter.”

När vi rullade in i byn blev vi påminda om Jens inpass om tristess. Bebyggelsen upphörde efter hundra meter och vägen fortsatte in i nästa skog. Sista huset på vänster sida innehöll till allmän överraskning ett kafé. Jag parkerade bredvid en Jeep som verkade bekant. Jenny ålade sig ut.

”När vi ändå är här kan vi passa på att fråga om vår vän Matts.”

Jag gick uppför trappan till serveringen.

”Det har vi redan gjort. Han heter Per Svensson.”

”Det är Per Svensson vi skall fråga efter.”

Jens stannade till på trappan.

"Vilket sanslöst infall att visa upp födelsecertifikatet. Hade han bara svarat på frågan om födelseplats hade vi inte funderat vidare på saken."

Det slog mig att notoriska lögnare måste ha det stressigt. Komma ihåg senaste lögnen, tänka ut nya som matchar de tidigare och komma ihåg till vem man sagt vad. Jag framförde synpunkterna. Jens gick efter Jenny in i lokalen.

"Det är det deckararbete handlar om; ha koll på lögnarna."

När han sagt det stannade vi till och stirrade på en av de mest välbekanta detektiverna vi kände till. Han tittade tillbaka med uttryckslös min tills han fick syn på Jenny. Han satt vid ett bord för fyra och gjorde en gest mot de lediga stolarna. En kvinna dök upp från ett rum bakom disken. Jag köpte kaffe och kanelbulle till alla. Robertson satte ögonen på Jens.

"Så det är vad detektivarbete handlar om? Vem är det som ljuger den här gången?"

"Leopold Matts verkar vara pålitlig som en skorpion."

Han förklarade vad vi kommit fram till men nämnde inte dagens ärende, intervju med Isabella Svensson. Robertsons ögon smalnade.

"Innebär det att ni tror att Matts alias Per mördade Bendow?"

Jag slog mig ner bredvid kommissarien och kunde se Jens skaka energiskt på huvudet samtidigt som han förklarade att vårt uppdrag rörde blodsband. Mordet var en bisak. Jenny knaprade på sin kanelbulle. Mellan tuggorna gav hon sin version av gårdagens händelser. Till min fasa nämnde hon att vi tänkt övervara begravningen som stöd åt Christine men att vi kommit försent. Robertson nickade fundersamt.

"Jag vet. Vi såg bilen. Ni kunde ju kommit fram ändå och tagit farväl."

Jag tänkte på teorin om lögnare. Utan Jennys franka medgivande hade vi sorterats in i den kategorin. En halv sanning är också en lögn.

"Vi blev lite villrådiga och trodde att vi skulle störa. Undrar varför advokaten inte var där?"

"Han hade väl annat för sig. Kanske rättegång. Brottsmål är hans egentliga område. Jag träffar honom ofta i rätten. Han är skicklig."

"Det stod en dam med sorgflor vid graven. Vem var hon?"

Robertson ryckte på axlarna.

"Vet ej. Kanske en anställd."

Jenny tittade ut genom fönstret.

"Nu när vi vet att Per Svensson har lokal anknytning och att han jobbade på sjukhuset där Bendow var inlagd – förändrar det något vad gäller hans roll i härvan?"

Robertson smuttade på kaffet.

"Om du menar mordhärvan är det inget vi kan använda. Bra att veta att han har svårt att hålla sig till sanningen men byta namn är inte olagligt. Vi behöver konkret information. För närvarande är alla inblandade med på listan över misstänkta. Även Christine."

Jens drog en kortversion av spekulationerna kring ögonfärg. Robertson nickade bistert.

"Vi känner till det också. Men det är inte heller något vi kan använda. Inte olagligt att ha samma ögonfärg och eftersom Christines biologiska far är okänd kan det vara vem som helst som har grå ögon. Bendows ögon var blå så han kan också vara far. Moderns ögonfärg lär ha varit brun. Men som ni vet kan arvsanlag hoppa över en generation."

Han tystnade och tittade ut genom fönstret. En Volvo PV stannade utanför. Delad bakruta indikerade tidig årgång. Mannen som klev ur tittade misstänksamt på de andra två bilarna. När han kom in i lokalen stannade han som träffad av blixten. Blicken vandrade runt och vilade några sekunder på var och en av oss. Vi kände alla igen skogsägare Andersson. Kommissarien gjorde en gest mot en stol vid kortsidan av bordet. Andersson gick motvilligt dit men förblev stående med händerna på ryggstödet. Robertsons grimas ersattes av den myndiga attityden.

"Det var bra att du kom, Andersson. Jag har ett par frågor. Gäller allmän kännedom om bygden och människorna. Känner du till någon i trakten som heter Per Svensson?"

"Vad är det med honom?"

"Känner du honom?"

Andersson uppfattade det skarpare tonläget och blev lite spakare. Han visste att det var en högt uppsatt polisman han talade med.

"Det fanns en som hette så. Men han flyttade till Göteborg för många år sedan. Hans mamma blev tokig och hamnade på dårhuset. Hon är fortfarande där."

Han nämnde namnet på institutionen och till och med en vägbeskrivning.

"Kan du beskriva honom?"

Alla kände igen Leopold Matts bakom vokabulären som kryddades med dragning i örsnibb och kliande i nacken. Jens gjorde frågande gest.

"Kände han till trakten kring tjärnen?"

"Självklart. Alla infödda känner till den trakten." Andersson log blekt. "Lustigt att du nämner det. Kommer ni ihåg att jag berättade om nakna damens gymnastikövningar? En av dem som smög omkring och kikade var Per Svensson."

Robertson såg misstänksam ut.

"Är du säker?"

"Visst. De andra pojkarna var femton sexton, han var tjugofem."

"Blev de aldrig upptäckta?"

Anderssons leende övergick till spydigt grin.

"Om du frågar mig så visste hon att de var där och hade inget emot det. En kvinnlig blottare om det finns sådana. Undrar hur det gick för henne?"

"Hon gick bort för ett år sedan. Nästan samtidigt som Bendow hamnade i tjärnen."

Andersson tackade för upplysningen med en ny nick. Jag gissade att Margarets öde hade sysselsatt honom under sömnlösa nätter. Tidsuppgiften stämde. Matts var fyrtio. Anderssons fårade ansikte fick ett drömmande uttryck.

"Jag har aldrig sett någon som henne."

Jag gissade att han själv befunnit sig bland smygtittarna. Jens nickade fundersamt. Han hade bara sett hennes ansikte på ett foto men intrycket var detsamma.

"Det är den allmänna uppfattningen. En del kallar det karisma."

Andersson tog händerna från stolen.

"Var det allt?"

Kommissarien nickade.

"Ja, tack. Ingen kommer att få veta att informationen kommer från dig."

Den långe magre mannen tycktes ha glömt varför han kommit in på kaféet. Han nickade kort och gick tillbaka ut genom dörren. Kvinnan bakom disken hade inte visat sig. Jens smuttade på kaffet.

"Får jag fråga vad polisen har för ärende?"

"Jag har inget men Bronsberg skaffar upplysningar om läraren som hittade kroppen."

Vi tittade en lång stund på honom för att se om han skojade. Jennys ögonbryn åkte i höjden.

"Var han inte där i vetenskapligt syfte?"

Robertsons leende drog snabbt förbi.

"Han jobbade med en artikel om trollsländor. Blev irriterad över att det låg en kropp i tjärnen när han skulle samla in sina prover. Påstod att man inte har många chanser på året."

Jenny log också.

"Då förstår jag att han är med på listan över misstänkta. Inte minst för att han ringde polisen."

Robertson ryckte på axlarna.

"Bronsberg är en bra detektiv men han har en tendens att överarbeta. Vända stenar som ligger med undersidan uppåt."

Dörren öppnades och nämnde detektiv tittade in. Robertson reste sig. Bronsberg stannade i dörröppningen. Vi hörde honom säga 'han är ren, jag har frågat runt'.

Robertson lyfte två fingrar till avsked och tack. De två gick mot Jeepen. Bronsberg nådde Robertson till axeln.

Jens såg nöjd ut.

"Det var precis det jag sade, deckararbete handlar om att vara på rätt plats vid rätt tillfälle."

Jag skulle tömma min kopp men upptäckte att den redan var tom.

"För en stund sedan handlade deckararbete om att hålla koll på lögnarna."

"Just det. Och för att hålla koll på lögnarna måste du vara på rätt plats vid rätt tillfälle."

Jag suckade. Vi reste oss och traskade mot dörren. Kvinnan kom ut från det inre rummet och tackade oss med en nick. Vinden susade i de stora granarna som omgav det lilla huset. Lite längre bort skymtade vi en kyrka. Det kändes skönt att rulla ifrån den dystra platsen. Den här gången skulle det inte bli några genvägar. Jag knäppte fast säkerhetsbältet.

"Nästa rätt plats och rätt tillfälle är mitt kontor med Christine närvarande."

Jenny kvävde en gäspning.

"Skall vi inte hälsa på Isabella."

Min idé hade varit att titta in på hemmet för att bekanta mig med personalen och boka ett besök. Tiden jag avsatt hade runnit iväg på kaféet. Dessutom behövde jag ett foto av Bendow.

Nakna Fakta

Glapp i hjärnan fungerar på två sätt. Tungan arbetar men har ingen kontakt med hjärnan. Hjärnan arbetar men tungan vägrar producera orden. Första varianten är den vanligaste. Problemet är att lyssnarens öron blir tröttare än talarens tunga. Den andra varianten är den som brukar drabba mig. Men den har sällan haft en så förlamande inverkan som i detta ögonblick.

Samma förmiddag hade jag ringt Christine och bestämt en tid på mitt kontor för att berätta om planen att besöka psykhemmet. Hon slutade fyra och vi bestämde halv fem. Jag hade några ärenden och kom lite för sent. Jens och Jenny hade lovat att titta in vid samma tid. Jag lät dörren vara olåst när jag sprang över till italienaren tvärs över gatan och hämtade fyra pizzor. Med väntetid var jag nog borta trettio minuter. Det var när jag kom tillbaka som tal- och tankeförmåga övergav mig. I soffan satt Jens och pratade obehindrat med Christine som stod på andra sidan soffbordet utan en tråd på kroppen. Min först impuls var att be om ursäkt och rusa ut när jag kom att tänka på att detta var mitt hem. Till ytterligare fasa log Christine ledigt mot mig.

"Hej Freddy, jag kom lite tidigare så jag lånade ditt badrum. Har precis tagit en dusch. Det gjorde väl inget?"

Det tog nog en halv minut innan jag förstod att hon ställt en fråga till mig. Fast jag tittade henne stint i ögonen såg jag inget annat än en stor svart triangel och två välformade bröst. När hon torkade håret med en handduk rörde sig brösten på ett trevligt sätt. Utan att flytta blicken konstaterade jag att hennes lår såg slankare ut när de inte var inpressade i trånga byxor. Jag hade ingen aning om att jag var så skicklig på split-vision. Skulle kanske satsat på en karriär som ishockeyspelare. Har hört att just de har nytta av den egenskapen. Det skulle också slå mig senare att fastän jag stirrat henne i ögonen hade jag inte noterat den egendomliga kombination ett grått och ett blått.

"Nej då. Duscha hur mycket du vill."

För att lägga ifrån mig pizzorna var jag tvungen att gå runt bordet. Hon flyttade sig inte för att bereda plats. Under en hisnande sekund kände jag handen nudda vid hennes buske. Hon knöt handduken konstfullt som en turban kring huvudet.

"Jag skall bara gå och ta på mig lite kläder."

Tack och lov vägrade tungan producera frasen som dansade i huvudet. "Inte för min skull" ekade mellan hjärnhalvorna. Det enda som kunde göra saken värre var om Jenny dök upp.

Så naturligtvis gjorde hon det. Jag hörde skor skrapa mot dörrmattan samtidigt som hon frågade om det fanns något att äta. Alltid hennes första tanke när hon kommer in i min lägenhet. Jag höll andan när hon kom in på kontoret och nästan stötte ihop med Christine som var på väg till badrummet. Det var mer chockartat än nakenheten att höra de två prata lika obehindrat som Jens gjort alldeles nyss. Jag började få en kejsarens-nya-kläder känsla. Hade hon kläder på sig som jag inte såg? Jag sneglade och såg en väldigt naken baksida av en väldigt kvinnlig kropp. Den välformade stjärten var inte inbillning. Hon försvann ut i hallen och Jenny kom in. Hon tittade uppfordrande på mig.

"Nå?"

Det kändes som om rummet snurrade.

"Nå vadå?"

Hennes blick fastnade på pizzakartongerna och jag erinrade mig att hon frågat om det fanns något att äta. Frågan var besvarad. Jag tittade på Jens som såg ut som om han redan glömt nudistuppvisningen. Hans gest omfattade Jenny och mitt vinställ.

"Ta Cabernet Sauvignon, passar till pizzor."

Som i trans gick jag och hämtade tallrikar. Jenny valde vin med kritisk blick. Hon har en osviklig känsla för vad som är dyrast. Jag såg ett vin jag sparat i åratal dras ur stället, inspekteras och godkännas. Christine återvände. *Klä på sig* innebar en större handduk som hon svept runt sig och fäst så att den såg ut att kunna falla ner på golvet vid minsta rörelse.

"Jag smorde in mig med din body lotion så jag väntar med att klä på mig tills det torkat in. Jag lånade en handduk så länge."

Den avslutande informationen var överflödig. Jens serverade pizzorna medan Jenny korkade upp vinet. Plötsligt var allt som vanligt. Jens och Jenny serverade mat och dryck i mitt hem. Gästen som jag trott var blyg och försagd hade gett mig en chock som borrat sig in som en stålnit.

Att äta vid mitt soffbord innebär kraftigt framåtlutande rörelser. Christines slarvigt fastsatta handduk gled mer och mer isär. Mitt vinglas stannade framför munnen när handduken lossnade och föll ner på golvet. Hon lade ifrån sig besticken och sträckte sig efter den. Jenny gjorde en avvärjande rörelse.

"Bry dig inte om den. Den åker bara av igen. Här är varmt nog."

Resten av måltiden blev en kamp för att styra blicken. Det värsta var övriga sällskapets obesvärade sätt. De till och med skrattade så att Christines bröst hoppade. Vid ett fasansfullt tillfälle sträckte hon sig efter en skinkbit som ramlat ner på golvet. Jag stirrade på hennes heligaste mellan de särade benen. En ny skrattsalva gällde ett skämt som Jens kläckt ur sig men i min uppjagade sinnesstämning trodde jag att de skrattade åt mig. Jag flyttade blicken och tänkte att detta händer ingen annan än Freddy Larsson. Till saken hör att alla tror att jag är en klantig men erfaren älskare. Det beror på alla historier Jens och Jenny berättar om påstådda aktiviteter. Om de vetat att jag aldrig varit tillsammans med en kvinna på det riktiga sättet skulle de kanske vara mer hänsynsfulla. Eller de skulle bli ännu mer humoristiska. Kulmen nåddes när Christine spillde vin på sitt lår och torkade bort som om hon masserade sina kvinnliga delar.

Senare skulle Jens och Jenny berätta att de var övertygade om att jag motionerat med Christine innan de anlände. Att det var jag som fått henne att springa omkring naken för att jag ville visa upp min sexiga kvinna och att de spelat obesvärade för att inte göra bort mig. Det är så det går till när anekdoterna uppstår. Den här skulle handla om orgier på deckarkontoret.

När vi senare diskuterade beteendet ursäktade Jenny sig med att hon också brukar gå omkring naken efter duschen för att torka. Invändningen att hon inte hade publik avfärdades med en axelryckning. Jag undrar vad de skulle säga om jag ränt omkring utan en tråd. Fast det är nog inte lika intressant att betrakta min beniga lekamen som Christines runda former. Jenny påpekade att flickan vuxit upp med en mor som älskat att visa sin nakna kropp och att det kunde färga beteendet. Svagt argument tyckte jag.

När vi ätit hade Christines kräm torkat så att hon kunde ta på sina kläder. Då hände något annat konstigt. Den sexiga nakna tjejen förvandlades till samma intetsägande flicka vi träffat på konserten. En ny erfarenhet. En snygg tjej med

127

kläder kan man klä av i fantasin och uppleva en viss spänning. När man sett henne naken försvinner den spänningen. Eller den ersätts av en annan spänning.

Just nu var jag glad att spänningen försvann så att vi kunde ägna oss åt det som var syftet med den här sammankomsten. Detektivarbete. Bordet dukades av och det återstående vinet fördelades.

Ett ärende som försenat mig var en pratstund med Averander. Jag hade cyklat förbi och tittat in för att lämna rapport om Matts lokala anknytning. Hans reaktion hade varit samlad men en glimt i ögat avslöjade tankarna när jag nämnde smygtittarna. Den reaktionen var besökets behållning. Samtalet hade även handlat om Matts mentalsjuka mor. Averander hade ett skarpt foto av Bendow när han var i fyrtioårsåldern. Jag kunde lämna tillbaka det till Christine. Han nämnde med en blinkning att flickan hade en förmåga att hamna i intima situationer. Därefter sänkte han rösten och berättade att polisen varit i kontakt. Han gav mig ett papper med ett antal uppgifter som jag inte kunde tyda just då. Sekreteraren meddelade på snabbtelefonen att en klient hade anlänt. Jag vek ihop papperet och stoppade det i innerfickan. Han bad mig hälsa Christine att han ville prata med henne.

Jag hade tittat in i advokatens grå ögon och tittade just nu in i en kopia av ett av dem. Hade aldrig slagit mig att grå färg kunde vara så vacker. Jag undrade om det fanns en nyans som hette

128

klargrå. Inpasset om intima situationer framstod som löjlig efter hennes nudistuppvisning.

Jag berättade om min snabbvisit hos advokaten minus episoden med smygtittarna och satte mig vid datorn för att skanna fotot. När det var gjort skickades bilden runt och alla studerade den intetsägande personens drag. Hans utseende stämde väl med beskrivningen vi fått av Christine. Vänlig men blek och opersonlig. Jenny hade hämtat en ny flaska vin. Jens som inte är någon vinfantast hade grävt fram en flaska danskt öl ur mitt lilla kylskåp i samma rum. Alla hade det mysigt utom min plånbok. Christine hade återgått till den timida varianten. Mina tankar som en stund tidigare hade handlat om kejsarens nya kläder fortsatte på det litterära spåret till doktor Jekyll och mister Hyde. Sammansatt personlighet tror jag är en passande beskrivning. Jag halade fram papperet jag fått av Averander. En massa siffror och några namn. Jens tog det ifrån mig och studerade med ett uttryck som gick från likgiltig till överraskad.

"Det här är dna-prov." Han gjorde en paus. "Matts dna matchar Bendows." Ny paus och blick på Christine. "Ditt dna matchar inte Bendows."

Jag hade väntat en skräckslagen reaktion men hon ryckte på axlarna.

"Förvånar mig inte. Att jag är inblandad beror bara på testamentet. Men det är inte förvånande att Matts dna matchar."

Hon log inåtvänt.

"Med tanke på Matts sliskiga karaktär kan jag tänka mig följande: han stötte på Bendow på sjukhuset, konstaterade utseendemässiga likheter, snokade reda på att han var rik och ensamstående. Hur svårt var det att få med sig ett blodprov när sköterskan inte var uppmärksam?"

Det fiktiva beteendet stämde väl med vår uppfattning men hur bevisa det. Christine hade svar på det också.

"Under dna-provet måste han ha begärt blodprov och på något sätt mixtrat med kanylerna så att de fick Bendows blod i stället för hans eget."

Det lät långsökt. Jenny pratade ner i sitt vinglas.

"Det förutsätter att man är väl insatt i proceduren. Jag trodde att flera personer var närvarande och att man är under uppsikt hela tiden."

Jens såg koncentrerad ut.

"Han kan naturligtvis ha tagit reda på hur det går till. Kanske varit närvarande. Datorer som behöver fixas finns i alla rum på ett sjukhus." Han tittade på Christine. "Sliskig?"

Hon ryckte på axlarna.

"Averanders omdöme. Han kanske sade slemmig. Jag skall be honom begära ny provtagning där polisen håller uppsikt."

Jag tyckte att man drog förhastade slutsatser.

"Tänk om det inte är manipulerat? Om det är hans eget blod?"

Jag såg på deras miner att ingen tänkt på det. Alla tog för givet att Matts slemmiga karaktär bara fungerade på det slemmiga sättet. Christines förslag skulle räta ut frågetecknen. Jenny var inte övertygad.

"Om provet inte är manipulerat är det inget att göra, Matts har rätt till en del av arvet. Om det är manipulerat har vi en helt annan situation."

Jens nickade.

"Om han har bluffat blir han huvudmisstänkt för mordet?"

Jag var inte säker på det. Matts kunde vara hur slemmig som helst men därifrån till kallblodigt mord var steget långt. Och mordet var inte vår uppgift. Det slog mig att vi kanske hade fler lögnare. Christines och Averanders ögonfärger hade inte förklarats.

"Du kommer inte ihåg stugan där ni tillbringade en sommar. Vad säger du om att åka dit och friska upp ditt minne?"

Hon såg ut som en liten flicka som fått bannor för att hon knyckt en kola.

"Det var dumt av mig att förneka det. Men det är sant att jag inte skulle hitta dit igen."

"Jag har tagit reda på var den ligger. På lördag tänkte jag ta en sväng dit. Jag har hyrt en Range Rover."

Hon nickade tveksamt men insåg att det skulle verka konstigt om hon tackade nej. Jens och Jenny behövde jag inte fråga. De måste alltid vara med när det händer något. Vi skulle också kunna ta oss till tjärnen också med en sådan bil. Christines tittade rakt fram med tom blick.

"Jag förstår inte vad som skall komma ut av det."

Jens nickade uppmuntrande. Magistern har alltid en liten lektion på lut.

"Detektivarbete är inte alltid logiskt. Man vet inte om det är ett blindspår förrän man undersökt det. Kommer du ihåg namn och utseende på männen som anlände för att besöka din mamma?"

Svaret kom så snabbt att vi förstod att det var repeterat.

"Jag skickades iväg när någon kom. Utom när Bendow anlände. Han var mer som en vän än en kund. Vägen var bättre på den tiden."

Jag undrade om det var någon mer än jag som noterade en lapsus. Visserligen hade jag nämnt Range Rover men hur vägen såg ut idag kunde man bara veta om man varit där.

"Kommer du ihåg någon annan av besökarna?"

"Nej, jag hatade dem. Ville inte se dem."

Dem, tänkte jag. Alltså hade någon eller några dykt upp.

"Vart tog du vägen?"

"Det finns en liten sjö med en bastu som vi fick använda. Jag brukade sätta mig på bryggan och titta på grodor och trollsländor."

"Var du vid tjärnen där kroppen hittades?"

"Det finns massor av små tjärnar och kärr. Jag skulle inte se skillnad på dem."

Jenny hade inte sagt något på länge men hennes min talade om att hon sög i sig vartenda ord.

"Det måste vara en som man kan komma fram till med bil. Svårt att släpa en tung manskropp genom terrängen. Och att hitta en sådan kräver lokalkännedom."

Christine gjorde en grimas men svarade inte på frågan som kanske bara var en reflexion. Jens betraktade sin ölflaska.

"Får jag ställa några frågor om din mor? Har inte med fallet att göra. Bara nyfiken."

Hon nickade tveksamt.

"Finns inte mycket att berätta men varsågod. Jag hoppas att du inte tror jag har något med Bendows död att göra."

Jens skratt lät inte övertygande.

"Naturligtvis inte. Det krävs en mans styrka för att lyfta en manskropp i och ur en bil."

"Det resonemanget utesluter min mor också, eller hur."

"Skulle jag tro."

Min reflexion att två någorlunda starka kvinnor skulle klara det höll jag för mig själv. Jens funderade troligen också på det.

"Vet du om din mor förde bok över sina kunder. I så fall skulle mördarens namn kunna finnas i de noteringarna."

Hon tittade oväntat muntert på honom.

"Har du någonsin betalat för sex, Jens?"

Jens skakade på huvudet.

"Nej."

"Så klart inte. Du ser bra ut. Hittar lätt dina lek-kamrater. Delar du uppfattningen att det bara är gamla, feta gubbar som utnyttjar prostituerade?"

Jens grimas antydde att han anade föreläsning. Fast han själv gärna föreläser tycker han inte om när andra gör det.

"Jag är inte bekant med sexköparnas utseenden men det är väl den allmänna bilden."

Hon sträckte sig efter sitt glas.

"Ni får tro det om ni vill, men jag såg aldrig en oattraktiv man tillsammans med mamma."

"Hon var en attraktiv kvinna. Jag gissar att hon kunde välja bland pojkarna."

"En hora kan aldrig välja. Det är hon som blir vald. Men pris och attraktionskraft gör att det blir ett naturligt urval. Bara rika män hade råd och rika män brukar vara kultiverade. Jag skulle kunna ge er namn på män som ni läst om i tidningar och sett på TV. Hon sade en gång att många män får en kick av att ligga med en prostituerad. Dekadens och förbjuden frukt. Men hon förde inte bok."

Upplysningen satte punkt för frågestunden och vårt lilla party. Alla var mätta och vinet började kännas tungt. Jag följde Christine ut i hallen och nämnde att Averander ville träffa henne. Jag gav henne fotot jag skannat över till datorn. Hon ville inte bli hämtad vid sin bostad på lördag utan lovade att vara hos mig i god tid.

Det tog tre timmar innan jag somnade den natten. Snurrandet ville inte sluta. Jens och Jennys närvaro hade dämpat den upphetsande effekten. Men de var inte närvarande i mina tankar. En av lärdomarna var att det är något förhäxande med en naken kvinna som spatserar omkring bland påklädda män.

Ljugandets Intrikata Konst

Det var bra cykelväder nästa dag. Jag hade ingenting för mig de närmaste timmarna och valde mellan att ringa Matts och att svänga förbi polishuset och lämna rapport till Robertson. Det blev det senare. Jag kunde inte föreställa mig att det skulle bli en kombination av uppdragen. För att inte glömma något hade jag knåpat ihop en rapport som jag var ganska stolt över. Allting var med från besöket hos Averander till samtalet med Christine inklusive dna-spekulationerna. Jag hade utelämnat nudistshowen.

Jag fick en underlig känsla av att kommissarien väntade mig. Det kom inga sarkasmer om en hårt arbetande polismakt i kontrast till lekfulla pojkar som tror att deckarjobb är något man fyller sin tråkiga vardag med.

Samtidigt med mig anlände en man i vit rock och lade ett papper på skrivbordet. När Robertson ögnat igenom dokumentet reste han sig. Han såg bestämd ut. Jag hade inte hunnit framföra mitt ärende. Han gick snabbt ut ur rummet och gjorde tecken till mig att följa med. På väg nerför trapporna fick jag veta att Christine hade ringt och framfört misstankar om manipulerat dna. Polisen hade kallat nörden till ny provtagning, den här gången i närvaro av polis. Jag förstod att det var resultatet av den provtagningen han fått av mannen i vita rocken. Misstankarna bekräftades, Matts dna matchade inte Bendows. Han befann sig i byggnaden i väntan på resultatet. Jag kände mig snopen. Min sammanfattning var bortkastad möda.

Vi stannade utanför förhörsrummet. Det fanns en glasruta man kunde titta igenom. Jag stannade där medan Robertson gick in i det kala rummet. Jag undrade varför han ville att jag skulle lyssna men det finns alltid en tanke bakom kommissariens handlingar. Det var mörkt där jag befann mig och jag såg inte att det fanns en person till förrän han rörde sig. Bronsberg förstås. Han såg sur ut när han såg mig men det kom ingen kommentar. Ingen ifrågasätter Robertsons beslut.

Jag kikade genom rutan. En storvuxen polisman i uniform stod innanför dörren. Matts satt vid ett bord och vred sina händer. När Robertson kom in i rummet fattade han stolens armstöd och kramade så hårt att knogarna vitnade. Rösten som annars bara sprack när han ville ställa in sig gick upp och ner i falsett redan när han hälsade. Skräcken tilltog när kommissarien tryckte på en knapp och en bandspelare gick igång. Det stillsamma surrandet hördes via högtalare till oss. Matts satte igång sin inövade show innan Robertson ställt första frågan. Han hade slipat formuleringarna under väntetiden.

"Det var dumt att ljuga om mitt ursprung men min barndom var så hemsk att jag har försökt förtränga den hela mitt vuxna liv."

Robertson lade några papper på skrivbordet. Han tittade inte på Matts.

"På vilket sätt var den hemsk?"

Matts började gnida handflatorna igen. Jag undrade om jag någonsin sett en nervösare människa.

"Min mamma var inte snäll mot mig. Hon tvingade mig att göra saker."

"Vilka saker?"

Jag var inställd på en redogörelse om sexuella övergrepp. Men Matts förstod att sådana anklagelser kunde kontrolleras. Sedan några dagar visste alla att hans mamma levde.

"Hon tvingade mig att äta saker som jag inte tyckte om."

Robertson hade svårt att dölja vad han tyckte om den hispige personen.

"Hon tvingade dig att äta levande ormar?"

Matts skakade på huvudet. Robertson tittade stadigt på honom.

"Mammor har till vana att tvinga barn att äta och göra saker de inte tycker om. Det kallas uppfostran. Varför påstod du att din mamma var död?"

Det var fascinerande att iaktta Matts. Hans show hade gått åt pipan innan han hunnit igenom prologen.

"Jag skäms för henne. Hon lider av en obotlig mental sjukdom och jag vill inte att folk skall tro att jag också skall drabbas av den."

"Omtänksamt. Jag gissar att du är enda barnet."

"Ja, och jag tror att världen skall vara tacksam för det med tanke på generna. Jag har inga barn."

Jag tolkade ett lågt mumlande från Bronsberg som *du vet nog inte hur de produceras.* Robertson återgick till granitmasken.

"Hur är det med Bendows gener? Hävdar du fortfarande att han är din biologiske far?"

Matts nickade ivrigt. Tydligen hade polisen tagit det nya provet utan hans vetskap. Robertson drog fram det aktuella papperet ur den hög han lagt på skrivbordet och läste med låg röst. Det blev dödstyst när han slutat. Matts såg helt förstörd ut.

"Men ni sade ju att proven visade att jag är hans biologiske son."

"Proven matchade för att de kom från samma person. Det blodprov du lyckades manipulera sköterskan med finns kvar och kommer att användas som bevis mot dig. Hur fick du tag i det?"

Jag hörde honom stamma att han inte förstod vad polismannen menade men uttrycket sade något annat. Bluffen hade misslyckats.

"Men mamma sade att han hade haft ett förhållande med henne."

"Alla förhållanden leder inte till att kvinnan blir med barn. En polisman kommer att ha ett samtal med henne ganska snart."

Matts fuktade sina läppar. Robertson såg så likgiltig ut att det kändes overkligt att han satt framför en person vars hela värld han slagit i spillror. Det skulle bli värre.

"Via datorerna hade du lika mycket tillgång till patienternas tillstånd och privatliv som läkarna."

Påståendet hängde i luften en stund innan Matts förstod att Robertson väntade på en reaktion.

"Min uppgift var att fixa trasiga datorer. Jag var inte intresserad av patienterna. Jag hatar sjuka människor."

Han bet ihop tänderna när han insåg kommentarens brutala tolkning. Robertson lät sig inte bekomma.

"Om kunskap om en viss sjuk människa ger fördelar finns det nog sätt att bearbeta motviljan."

"Jag förstår inte."

"Du förstår. Du kände igen Bendow när du såg honom på sjukhuset."

"Jag förstår inte."

"Du kände igen honom från ditt smygtittande för femton år sedan. Det finns ett vittne. En person som vet att ditt namn är Per Svensson och att du är född och uppvuxen i regionen där kroppen hittades. Du smygtittade på en kvinna som hette Margaret Rolf."

"Jag känner ingen med det namnet. Jag bytte namn för några år sedan. Det är inte olagligt. Jag är inte intresserad av kvinnor, nakna eller inte."

"Vad menar du med nakna?"

Matts började han svettas igen. Naken hade inte nämnts av kommissarien.

"Jag trodde det var underförstått när du nämnde smygtittare."

"I polisförhör förekommer inga undermeningar. Här talar vi klarspråk. Förklara vad du vet om Margaret Rolf och varför hon skulle vara naken."

Matts insåg att spelet var förlorat och att han lika gärna kunde säga sanningen för att inte blamera sig ytterligare. Hans blick sjönk ner mot händerna som han placerat på bordsskivan.

"Hon gick omkring naken i trädgården. Jag råkade se henne vid ett tillfälle."

"Vad gjorde du där?"

"Jag plockade svamp."

Jag kände igen Robertsons taktik från förhör med mig. Han undviker självklara frågor för att invagga offret i en känsla av trygghet. Rekylen kommer med dubbel kraft i ett senare skede. Men det stämde inte den här gången. Bredsidan kom direkt. Han tittade lugnt på Matts.

"Är du medveten om att du är misstänkt för mordet på Bendow?"

Matts var inte det. Hans skräckuppvisning började med gapande mun, övergick till skakande händer och avslutades med en kraftig hickning.

"Jag har inget med det att göra. Du måste tro mig. Jag skulle aldrig kunna döda en människa."

Jag undrade om Robertson verkligen misstänkte honom eller om det bara var ett skrämskott. Han hade nog samma uppfattning om Matts som vi andra, stor och stark vid datorn, liten och för-skrämd i verkligheten. Kommissarien fortsatte lika lugnt.

"Innan vi avslöjade din dna-bluff trodde du att du hade lyckats hävda ditt släktskap och därmed skulle lura till dig en avsevärd summa. Christine Rolf är inte heller Bendows biologiska barn men hon ärver enligt testamente. Men det är inte viktigt ur polisens synvinkel. Ditt beteende är viktigt för att inte säga avgörande från och med nu. En förutsättning för att din bluff skulle lyckas var att Bendow dog."

Jag kände igen resonemanget från mötet på mitt kontor. Robertson prasslade med sina papper.

"Förstår du vad det innebär? Det innebär att du hade ett motiv. Visserligen ett motiv som du kor-kat nog skapade själv men ändå ett motiv."

Tystnaden som följde var nästan fysisk. Matts panik återgick till konvulsioner och svettningar.

"Jag har inget med det att göra. Snälla, lås inte in mig, jag är oskyldig."

Jag hade väntat att Robertson skulle nicka till den storvuxne polismannen som skulle föra bort Matts. Jag blev nog lika överraskad som Matts när kommissarien sopade ihop sina papper och reste sig.

"Vi håller dig under uppsikt, Matts. Lämna inte Göteborg. Du kan bli kallad när som helst."

Matts vidöppna ögon och gapande mun talade om att han inte fattade någonting. Det gjorde inte jag heller. Jag kastade en blick på Bronsberg pre-

143

cis när hans huvud skakade till. Matts reste sig snabbt.

"Är jag fri? Kan jag gå?"

Robertson nickade åt polismannen. Han tittade inte på Matts.

"Hej då, Matts."

Förväxlingar

Jag fick ingen förklaring till varför Robertson låtit mig lyssna på förhöret. Kanske ville han visa hur proffs arbetar. Eller det var en tillfällighet att jag råkat vara på rätt plats vid rätt tillfälle. Jag tackades för besöket fast det inte fanns något att tacka för. Det jag tänkt bidra med hade kommit fram under förhöret.

Jag cyklade hem och satte mig vid datorn för att trycka ut bilden på Bendow. Det var kanske en överloppsgärning att besöka Isabella nu när fallet tagit en annan vändning och mordet blivit intressantare än arvet. Jag betraktade bilden som skrivaren matade fram.

För att göra det mesta av den nya situationen bjöd jag Jens, Jenny och Christine på restaurang och en drink på kontoret innan vi gick ut.

Jag är ingen vän av drinkar men som Jens brukar säga: *'smaken är som baken, den är olika'.* Jag hade skaffat tillbehör till Dry Martini, White Lady och Tom Collins.

Jenny kom en timme före utsatt tid. Det var ingen överraskning. Hon kan droppa in när som helst mellan sju på morgonen och halv två på natten. Aldrig några ursäkter eller förklaringar. I hennes värld är storebrors primära uppgift att ta hand om lillasyster. Ibland har hon varit på fest i närheten och vill ligga över hos mig. Då lägger hon sig i min bekväma säng och tvingar mig att sova på den hårda soffan. Känns i ryggen på morgonen. Hon slog sig ner vid datorn och kopplade en kabel från datorn till sin mobil. Efter en stunds pillande tittade hon upp.

"Jag hämtade bilen åt dig så slipper du göra det i morgon."

"Då får jag betala en dag extra. Vet du vad en sådan bil kostar att hyra?"

"Killen på uthyrningen upplyste mig." Hon lade ett foto på skrivbordet när hon reste sig. "Tack för lånet."

Jag stirrade på bilden. Det var fotot jag tryckt ut för en liten stund sedan. När och hur hade hon lagt beslag på det? Jag skulle just starta min föreläsning när Jens signal på dörrklockan avbröt. Som vanligt traskade han in utan att vänta på att jag skulle öppna. Christine kom samtidigt. Alla tre hade kommit en timma för tidigt. När de slagit sig ner kring soffbordet gick jag demonstrativt fram till den stora väggklockan.

"Okej, lyssna noga nu. Den stora visaren kallas minutvisare. Den lilla heter timvisare. När den stora visaren pekar rakt upp och den lilla rakt ner är klockan sex…"

Jens avbröt med sin magistergest.

146

"Tack, chefen. Jag har alltid undrat. Jag ser en annan smal röd pinne som hoppar runt. Vad kan det vara?"

Christine såg skuldmedveten ut.

"Jag var inte säker på om du sade fem eller sex och jag ville inte komma för sent."

Jenny fick syn på tillbehören vid barskåpet.

"Ge mig något att dricka. Jag är törstig. Har haft en lång dag."

Hennes sätt att dra på de avslutande orden brukar betyda att hon har något att berätta. Jens nickade mot fönstret. Hyrbilen var tydligen parkerad på gatan utanför.

"Jag såg att du har hämtat fyrhjulingen. Hur är den att köra?"

Jag ryckte på axlarna.

"Fråga Jenny."

Hon log och imiterade min klockundervisning.

"Man vrider om nyckeln, fattar växelspaken med höger hand, trampar lätt på gasen och släpper upp kopplingen..."

Jag gick bort till barskåpet. Medan jag blandade drinkar tittade jag över axeln på Christine.

"Bry dig inte om dem. Det är sådant här de förväxlar med humor. Hur har din dag varit?"

"Lite småtråkig som vanligt, men jag talade med Robertson i telefon för en timme sedan. Han sade att jag skulle be dig berätta."

Jag förstod att det var därför jag fått lyssna till förhöret. Robertson hade inte lust att älta historien för alla inblandade. Jag placerade drinkarna framför dem och redogjorde utan avdrag och tilllägg. När jag slutat föreslog jag en skål.

"Gratulerar, Christine. Du är en rik kvinna."

Hon såg ut som om hon inte lyssnade. Blicken försvann i fjärran innan den återvände och hamnade på mitt ansikte.

"Jag hade gärna avstått om mamma och Sven hade fått leva. Men jag fattar inte att Matts kan vara så korkad. Nu kommer han att ha polisen i hälarna."

Jenny smakade på sin drink.

"Men du slipper ha *honom* i hälarna."

Hon svarade inte. Tankarna hade tydligen hamnat på ett sidospår som saknade växel tillbaka till huvudspåret. Jenny hämtade min laptop och mixtrade under tystnad. Blickarna mellan Jens och mig avslutades med samma gamla axelryckning. När hon mixtrat färdigt stoppade hon mobilen i bröstfickan på sin kavaj och lät den titta upp. Vi förstod att det fanns ett budskap. Nästa fas började med knapptryckningar och ett belåtet leende. Jag erinrade mig hennes filmförevisningar ur det förflutna. Hon var mästare på att smygfilma. Nu skulle vi få ett smakprov.

Föreställningen började med att hon presenterade sig för en man i läkarrock. Han tittade på klockan.

"Du är lite tidig. Vi väntade dig inte förrän om en kvart. Men det går bra. Vi har preparerat henne."

Vi hörde Jennys röst.

"Jag var inte säker på att hitta hit så jag beräknade extra tid."

"Det är okej. Hon kommer att vara i bra form några timmar. Men det gör henne lite nervös att prata med en polis. Bra att du inte har uniform. Den här vägen."

Jennys röst var helt obesvärad.

"Jag skall prata lugnt. Vill bara att hon identifierar en person på ett foto."

Jag tog mig för pannan. Hade Jenny kokat ihop en historia som involverade polisen? Jag såg henne framför mig i samma rum där jag sett skakande Matts. Filmen rullade på. Vi såg mannen gå fram till en dörr som han öppnade försiktigt. Jenny gick in på hans tecken. Han pratade högt med en svartklädd kvinna i sjuttioårsåldern. Hon matchade min bild av en sinnessjukdom. Vit i ansiktet som om hon inte varit utomhus på åratal. De tunna läpparna var målade med mörkrött läppstift så att munnen såg ut som ett streck. Stora mörka ögon med intensiv blick. Leendet när hon hälsade på Jenny visade gula tänder. Jag fick en kuslig association till Hitchcock's film Psycho. Scenen där Anthony Perkins svänger runt en stol där det sitter en gammal kvinna. Jag säger inte mer för att inte förstöra för er som inte har sett filmen. Men man glömmer inte den scenen. Jennys hand syntes ett ögonblick när den drogs tillbaka efter handslaget.

"Jag skall inte uppehålla er länge, fru Svensson. Jag undrar bara om ni känner igen personen på den här bilden."

Vi såg kvinnan ta emot bilden och titta med ett drömmande uttryck på den.

"Om jag känner igen den här mannen? Naturligtvis gör jag det. Vi hade ett kort men stormigt förhållande för fyrtio år sedan. Han är far till min son. Jag kommer aldrig att glömma honom."

Kortet återlämnades, ett annat sträcktes fram och följdes av samma fråga. Kvinnan gjorde en grimas.

"Nej, den här mannen känner jag verkligen inte igen."

"Försök att föreställa er honom i yngre år."

"Gud vad han ser trist ut. En sådan man skulle jag inte lägga märke till om jag träffade honom på en fest och han var spritt naken. Jag var vacker när jag var ung."

Hon tittade in i kameran som var så nära att jag fick en känsla av att det var mig hon betraktade.

"Inte så vacker som du men männen vände sig om efter mig."

"Är du säker på att du inte känner igen honom?"

Kvinnan såg förolämpad ut.

"Det är inget fel på mitt minne."

Jennys hand syntes igen när hon sträckte ut den för att säga adjö.

"Tack för din medverkan. Din hjälp har varit till stor nytta. Adjö."

Resten av filmen visade promenad genom korridorer, nerför en bred trappa och ut på en parkeringsplats. Vi kunde se en polisbil svänga in och parkera. En kvinnlig polis i uniform klev ur och tittade upp mot byggnaden. Jennys hand öppnade dörren till Range Rovern. Några fladdriga bilder innan kameran stängdes av.

Jag tittade på Jenny.

"Är du inte klok? Du ringer till ett sjukhus, beställer tid med en mentalt störd person och utger dig för att vara polis? Vet du vad Robertson kommer att säga när han får reda på det?"

"Han kommer inte att få reda på det. Jag beställde nämligen inte tid, åkte bara dit på måfå. Hade tur."

Jens tittade anklagande på henne.

"Läkaren sade att Isabella var nervös för att hon skulle tala med en polis."

"Kan inte jag hjälpa. Jag gav mig inte ut för att vara polis. Sade bara att jag ville tala med Isabella Svensson. Det fick jag och sedan gick jag därifrån."

Bilden av polisbilen på parkeringen blinkade till och bitarna ramlade på plats. De hade förväxlat Jenny med poliskvinnan. Jenny hade spelat sin roll perfekt, det gör hon alltid. Om Robertson hade invändningar skulle hon spela en annan roll, oförstående charmtroll.

Plötsligt började de gapskratta. Alla tre. Jag föll in med ett leende men nedlät mig inte till högljudda glädjeyttringar. När de tittade på mig och såg mitt uttryck steg skrattet till öronbedövande. Christine dämpade sig som om hon skämdes. När munterheten dött ut gick Jenny och hämtade kortet på Bendow och drog ut ett annat kort ur sin väska. Jens bekräftade.

"Då vet vi att hon har träffat Bendow och haft ett förhållande med honom."

Jenny skakade roat på huvudet medan hon tittade på korten.

"Fel, Jensen. Jag råkade blanda bort korten lite grand. Här är personen hon kände igen och hade varit förälskad i som ung."

Hon höll upp ett skarpt kort så att alla kunde se. Men det var inte Bendow. Det var ett utmärkt porträtt på snygge Jens. Alla ögonbryn drogs samman. Hon höll upp det andra kortet. Vi tittade på Bendows intetsägande nuna.

"Den här mannen skulle hon inte lägga märke till om han var naken på en fest."

Hon skickade runt korten fastän de redan hade gjort sin tjänst och berättade att hon fått en känsla av att svaren varit repeterade. Vi behövde inte gissa vem som instruerat. Jag påminde om förhöret där Robertson sagt till Matts att en polis skulle besöka Isabella för intervju. Allt stämde vad gällde bluffande familjen Svensson.

Jag tog en klunk whisky och såg att Jens tömde sitt ölglas. Jenny såg ut som om hon väntade på applåder. Improvisationsteatern gick miste om en jättetalang när hon valde it-karriären. Matts manipulationer var inte att leka med men mot Jennys konster stod han sig slätt. Fotot på Bendow hade hon naturligtvis tryckt ut från min dator. Hon hade nyckel till min lägenhet och kom och gick som hon ville.

Restaurangbesöket blev också lyckat. Som om vi firade Christines förmögenhet. Utvecklingen innebar också att jag inte behövde genera mig för att skicka en faktura.

När jag kom hem försökte jag summera. Vi hade slutfört vårt uppdrag för Christines räkning men hur var det med Matts. Han hade sett helt förstörd ut när han stapplade iväg efter förhöret. Jag undrade om vi sett det sista av honom. Hade fallet avslutats eller hade det bara tagit en annan vändning? Svaret på den frågan skulle komma förfärande snabbt.

Ombytta roller

Jag har beskrivit Matts konstiga växlingar mellan lugn och hysteri. Det här var den värsta uppvisningen hittills. Han kramade ena handen med den andra för att få den att sluta skaka. Resultatet blev att båda händerna skakade. Han gick fram och tillbaka i ett sådant tempo att vändningarna såg farliga ut. Han gjorde mig lika nervös.

"För guds skull! Lugna ner dig. Sätt dig ner och berätta vad som har hänt."

Hans huvud skakade så att kinderna fladdrade. Han stannade till men satte sig inte.

"Idioterna tror på fullt allvar att jag mördade Bendow. Kan du tänka dig? De påstår att jag har ett motiv."

"Ditt krav på Bendows dödsbo är ditt motiv."

"Jag visste inte att han existerade vid tiden för mordet."

Jag kände mig egendomligt lugn. Den här mannen behövde något att luta sig emot och just nu fanns bara jag.

"Jo, det gjorde du. Vi har kollat. Du är född Per Svensson, i samhället inte långt från tjärnen."

Han stirrade en lång stund på mig.

"Jag betalar dig inte för kolla mig."

"Utredning innebär koll på alla inblandade. Det är inte jag som ställer till det, det är du. Ditt ursprung är allmänt känt. Var det Robertson som ledde förhöret?"

Jag ställde frågan för att inte avslöja mig. Matts halade fram en näsduk och torkade sig i pannan.

"Ja, den store hövdingen i mer än en betydelse. Han är den slugaste människa jag någonsin råkat ut för. Han vred och vände mina ord tills jag sade emot mig själv. Det kallas för hjärntvätt."

"Det kallas normal procedur vid polisförhör. Baseras på taktik och erfarenhet. Vad sade han och vad svarade du?"

Det var intressant att höra hur han även nu försökte slingra sig och utelämna detaljer. Till exempel nämndes inga nakenpromenader. Han pressade fram uppgiften om dna-bluffen och försökte med ursäkten att de gjort ett misstag.

"Okej, jag ljög om min födelseort. Det var dumt men bortsett från det har jag berättat sanningen."

"Hela sanningen och inget utom sanningen?"

Han tittade misstänksamt på mig.

"Vad menar du?"

"Ärendet har bytt karaktär. Det handlar inte längre om arvstvist; det handlar om mord. Jag gissar att du vill att vi rentvår dig från misstankar." En dyster nick bekräftade. "Då måste vi ha alla fakta, även de som verkar irrelevanta eller inte är till din fördel."

Jag tänkte lägga till att han borde ta kontakt med en advokat men erinrade mig att Robertson inte anklagat honom formellt, bara antytt allvaret i situationen.

"Vad vet du om Margaret Rolf?"

"Horan och narkomanen? Jag vet bara att hon dog av en överdos ungefär samtidigt som Bendow mördades."

"Om jag säger nakenuppvisning i det fria?"

Äntligen satte han sig, eller kastade sig ner i besöksstolen.

"Okej, jag såg henne vid ett tillfälle. Vad är det med det? Hon råkade inte gå omkring, hon hade uppvisning."

Andersson hade haft en liknande uppfattning om kvinnans syfte men i båda fallen handlade det om att döva samvetet.

"Vi behöver fakta, inte åsikter. För att rentvå dig måste vi hitta andra misstänkta. Margaret Rolf är en av dem."

"Hon är död."

"Polisen vet inte exakt när Bendow mördades, bara att han låg i tjärnen cirka ett år. Margaret dog också omkring ett år innan han hittades. Tror du att det finns någon koppling?"

Han tog inte chansen. Trodde kanske att det inte gick att bevisa mord om mördaren också är död. Jag hade slängt ur mig teorin för att ha något att börja med. Vi måste ha fakta för att komma vidare. Just nu behövde jag veta mer om Matts. Det slog mig att hans röst inte sprack. Tydligen blev den detaljen stadigare när allt annat rasade ihop. Det slog mig också att jag inte heller kunde pre-

157

sentera hela sanningen. Mötet med hans mor var tabu, samtalet med Glenn likaså. Inte minst för att skydda den lille tjockisen från chefen.

"Det verkar som om bilden av Bendow som trevlig prick kan diskuteras."

"Vad menar du?"

"Ryktet gör gällande att det var han som försåg Margaret med droger."

Jag såg att hans hjärna bearbetade nyheten. Inte för att protestera utan för att stärka anklagelsen mot Margaret. En knarkare och hennes langare råkar lätt i luven på varandra. Han for upp ur stolen och famlade fram sin plånbok.

"Bra! Fortsätt gräva. Jag vill ha alla fakta, positiva och negativa. Pengar spelar ingen roll."

Han lade en sedelbunt på skrivbordet.

"Här är till omkostnader så länge. Vem berättade att han gav henne drogerna?"

"Kan jag inte avslöja. En av mina principer är att skydda mina källor."

Upplysningen besvarades med en belåten nick. Han sträckte handen över bordsskivan igen, den här gången för att säga adjö.

"Bra jobbat. Jag måste tillbaka till firman. Mycket att göra."

"Det är lördag förmiddag."

"So what."

Han ryckte på axlarna. Det gjorde jag också men av en annan anledning. Jag ville inte ha en lektion i ett ämne jag kände alltför väl, överleva som småföretagare i en krass värld. Dessutom jobbade jag själv och hade tjänat lite pengar. Och det var bara början. Om en timme skulle vi åka ut till landet i den fina hyrbilen.

Jag följde honom ut i hallen med sedelbunten i handen. När han gått stod jag kvar och räknade. Det var en rund och trevlig summa, allt i femhundrasedlar, Jennys favoritvalör. Just när jag tänkte den tanken öppnades dörren av just den personen. Hon stirrade på bunten.

"Jag hörde att du pratade med Matts så jag gömde mig för att inte stöta ihop med honom. Vad är det för pengar? Muddrade du hans plånbok när han var på toaletten?"

Jag gick före henne till kontoret medan jag informerade. Hon snappade till sig bunten och räknade.

"Jag checkade hans firma. De gör stora pengar på enkla system."

Jag krävde tillbaka bunten och tittade på väggklockan.

"En timma för tidigt igen."

"Jag har inte ätit frukost. En kopp kaffe och en fralla skulle sitta gott innan vi ger oss iväg."

Störd av Matts hade jag inte heller ätit så jag gjorde några smörgåsar. Medan vi tuggade gjorde vi en lista över personer som kunde tänkas sitta inne med lämplig information. Christine och Averander var de enda namn vi kunde komma på. Jag påpekade att det var viktigt att pumpa Christine försiktigt. Kommentaren väckte Jennys humoristiska ådra.

"Pumpa Christine försiktigt? Är det så hon vill ha det? Annars ger hon intryck av att ha smak för vildare lekar…"

Mitt uttryck meddelade att det var ett ämne en man inte diskuterar med sin syster. Jens käcka signal på dörrklockan avbröt. Han hann inte hänga av sig jackan förrän Christine också anlände. De tackade nej till frukost. Jag berättade inte om Matts besök. Christine var part i målet och skulle inte tycka om anklagelserna mot sin mor. Det skulle visa sig att det fanns många varianter på ämnet Margaret Rolf.

En röd liten stuga

Jag stod på samma ställe som läraren när han gjorde sin makabra upptäckt. Robertson hade berättat att mannen satt sig för att äta en smörgås och hängt kavajen över en gren som stack upp ur vattnet. Grenen hade rört sig och äcklig metangas hade bubblat upp. Just när han fört smörgåsen mot munnen hade han fått syn på en manschett som stack ut ur en kavajärm. Jens stampade på bergsslänten.

"Här har någon släpat något tungt. Mossan är sönderriven och det syns skrapmärken. Måste vara den här tjärnen."

Han vände sig till Christine. Hon gjorde en gest som kunde tolkas på flera sätt. Till exempel att handen kunde knytas och landa i ett ansikte.

"Jag vet inte mer än ni. För mig är det här en tjärn vilken som helst."

Jenny nickade mot det svarta vattnet.

"Den här pölen var hans grav i ett år. Ger ett annat perspektiv när man kommer så nära."

Vi tystnade en stund som för att hedra den döde. Christine rös till.

"Kom så går vi härifrån. Varför är vi här över-huvudtaget?"

Jens nickade slött.

"För att bedöma hur långt man måste släpa kroppen från en bil."

"För att se om jag kunde gjort det?"

"Naturligtvis inte. Men detta är vad detektivarbete handlar om. Vända alla stenar."

Jag tänkte att Jens alla definitioner av deckarjobb kunde bilda underlag till en handbok för privatsnokar. Jenny nickade mot muskelbilen.

"Kom så åker vi till stugan."

Christines blick blixtrade till.

"Jag känner mig som en kriminell som vallas på brottsplatsen."

Jag gjorde en slapp rörelse.

"Matts tror att han är huvudmisstänkt för mordet. För att rentvå sig kommer han att göra allt för att någon annan skall bli misstänkt. Han kan till exempel hitta på att han såg saker vid stugan."

Hennes taggar växte.

"Vilka saker?"

"Han har medgett att han var bland smygtittarna för femton år sedan när din mamma gjorde sin gymnastik."

Det kom ingen reaktion. Vi klev in i bilen. Efter femtio meter kom vi till platsen där vi stött på Andersson med traktorn. Vägen fortsatte längs mossen och försvann in i nästa skog. Ytterligare femtio meter genom tät granskog innan en glänta öppnade sig. Den var kraftigt bevuxen med sly men man kunde skönja bilspår genom gräset. Christines pekade ivrigt.

"Sväng höger där framme. Liten väg."

Hon tystnade abrupt som om hon sagt för mycket. Faktiskt hade hon avslöjat sig. Stugan var inte så bortglömd som hon hävdat.

Ett förfallet hus skymtade bakom träd och buskar. Perfekt terräng för smygtittare. Det kunde vara andra generationen sly sedan mor och dotter varit här. Ängen framför huset hade troligen fungerat som Margaret Rolfs friluftsteater.

Den röda färgen skiftade i brunt, fönsterfärgen hade flagnat och trä lyste fram. Nedre delen av panelen var grön av alger och mossa. En promenad till baksidan avslöjade ännu värre förfall.

Vi samlades vid ytterdörren och Jens kände på handtaget. Det lilla järnföremålet såg ut att vara hundra år. Dörren gick upp när han ryckte tredje gången. Vi rynkade näsorna när en unken stank vällde ut genom dörröppningen. Jag sneglade på Christine.

"Vad sägs om att återuppliva din barndom?"

"Skall bli kul. Mamma var hora och här tog hon emot kunder."

Den bitande ironin krävde ingen respons. Jens klev in i en mörk hall och stannade i ett kök med en sotig vedspis. Jag ställde korgen med matsäck på ett bord och fick en känsla av att den klibbade fast i galonduken. Det bekräftades när Jenny flyttade den en decimeter. Ljudet tog mig tillbaka till min barndom när det funnits galondukar överallt och allting hade klibbat fast vid dem.

Fyra stolar såg ut som om en vuxen mans vikt skulle innebära slutet. Christines nick tolkades som att inredningen stämde med minnesbilden. En pinnsoffa var det enda som inte såg förfallet ut. Christine drog fram den till bordet. Jens, älskaren av gamla möbler tittade uppskattande.

Resten av byggnaden bestod av ett litet vardagsrum och två pyttesmå sovrum med en säng i varje. Jag kunde inte låta bli att föreställa mig Margaret, utövande sitt yrke i en av dem. Odören i vardagsrummet och sovrummen var värre än i köket och inspektionen avslutades snabbt.

Jenny grävde fram termos och muggar ur korgen. Jag hade preparerat frallor med ost och skinka och varsitt smaskigt wienerbröd. En flaska vin och lite värmande i en plunta hade också slunkit med. Till Jens hade jag packat folköl av danskt ursprung. Han skulle köra hem till Göteborg. Koppar och frallor fördelades. Kaffet luktade så gott att det förjagade en del av odören.

Det var så lågt i tak att mitt huvud bara hade tio centimeters till taket. Ingen ventilation syntes till. Jens rörde om i kaffet.

”Var din mamma lycklig här, Christine?”

”Kanske. Lycklig förekom bara sporadiskt i hennes liv.”

Tanken på kvinnans eländiga tillvaro vred ansikten till grimaser. Jenny tog en fralla.

”Hur kom det sig att hon blev prostituerad och narkoman?”

164

"Jag tror att det var förutbestämt. Hennes mor-far levde på gränsen till sinnessjukdom. Hon gjorde allt för att förnedra sig. I början prövade hon all skit man kan förstöra sig med. En vetenskapsman som sysslar med studier av drogmissbruk hade bara behövt en försökskanin om han haft tillgång till henne."

"Vem hittade henne efter överdosen?"

"Jag."

Hemska bilder av en dotter som hittar sin mor död i sängen dansade igenom våra huvuden. Jag rörde i kaffet.

"Måste ha varit fruktansvärt."

"Det sista året hittade jag henne ofta så. Trodde att hon var död femtio gånger innan hon dog."

Jenny värmde händerna på kaffemuggen.

"Fanns det någon som stöttade dig?"

"Mormor och morfar hade dött några år tidigare. Hon blev påkörd av ett rattfyllo; han hamnade på dårhuset där han tog livet av sig. Jag var ensam med prästen på begravningen."

Om hon hade berättat med snyftande stämma och brutit ihop i attacker hade det varit lättare att ta till sig skräckhistorien. Men hon lät som om hon läste från ett papper. Jag värmde också händerna på muggen.

"Var det något med hennes död som väckte misstankar?"

Plötsligt var taggarna där igen. Hon tittade ilsket på mig.

"Vad menar du?"

Det fanns ingen anledning att reagera så. Frågan var helt oskyldig, i ton och formulering. Jag ville mildra men det fanns inget som kunde mildras.

"Gjordes någon obduktion?"

Hon insåg att hon hade överreagerat.

"Mamma var en känd hora och knarkare. Polisen visste allt om henne. Ingen brydde sig om hur hon dog. Minst av allt polisen."

"Du brydde dig."

"Vem är jag? Dotter till en hora. Jag kan skylla mig själv som valde en sådan mor."

Hon hade nämnt en väninna som tagit hand om henne när det varit som värst. Men hon var också prostituerad och knarkare. Jag tänkte fråga hur man fick tag i henne men tvekade efter förra frågans bemötande. Hon tittade på sina händer.

"Förlåt. Jag kan inte resonera rationellt när det handlar om mamma och hennes miserabla liv. Alltid färdig att kasta mig över alla som andas ordet hora. Jag kommer nog att sluta som ett psykfall."

Jenny älskar att leka psykoterapeut.

"Du behöver någon som du kan prata med. Ventilera din frustration. Det låter som en kliché men det brukar funka. I alla fall tjejer emellan. Killar förstår ingenting."

Ett leende drog i Christines läppar.

"Du har rätt. Jag borde lägga mig på en soffa och bara låta munnen gå. Det är mycket som måste ut."

Hon tittade vädjande på Jenny som log uppmuntrande tillbaka.

"Du kan prata med mig. Börja nu. Vem levererade drogerna?"

Jenny hade rätt. Det var som att öppna en kran. Jens hällde upp vin och sköt en mugg mot Christine. Som i trans grabbade hon tag i den.

"Det fick jag reda på här i stugan. Bendow kastade alltid ett paket på bordet när han kom." Hon tittade på bordet som om paketet låg kvar. "Jag hatade honom för det."

Jag såg att Jens såg tveksam ut. Han funderade nog också på bilden av Bendow som den förstående vännen.

Jenny nickade förstående.

"Betalade han för din mammas tjänster med knarket?"

"Hon fick pengar dessutom. Mycket pengar."

"När upptäckte du att hon var prostituerad?"

"Också här i stugan. Innan Bendow gav sig iväg lade han en bunt sedlar på bordet. När han var borta räknade hon som en kassör."

"Hur trodde du att hon hade försörjt sig innan du fick reda på det?"

Christine letade i minnet.

"Socialbidrag eller underhåll."

"Underhåll från vem?"

"Från mannen som hade producerat mig."

"Bendow?"

"Troligen. Det var inget jag funderade på."

Det blev tyst en stund. Jens hällde upp vin till alla. Jenny sneglade på Christine.

"Överraskade du någonsin din mamma?"

Ny axelryckning men ingen grimas.

"Kanske inte överraskade men jag kunde titta genom fönstret på baksidan."

"Hur upplevde du det?"

"Både äckligt och spännande. Jag var tolv år, nyfiken och min sexualitet var under utveckling. En gång tittade jag på hela samlaget."

"Visste din mamma om det?"

Hon nickade uppgivet.

"Hon var exhibitionist. Det gällde även sexakten. Vid ett tillfälle satt hon grensle över mannen med ansiktet mot fönstret där jag stod. Medan hon gungade rumpan upp och ner nickade hon och log som om hon ville att jag skulle stå kvar."

"Gjorde du det?"

"Jag stod som fastnaglad. Ville gå därifrån men fötterna rörde sig inte."

Jag försökte sätta mig in i situationen. Om jag hade fått syn på mina föräldrar i den situationen hade jag dragit mig undan snabbt. Hon skiftade till sorgsen.

"Ni tycker nog att det låter perverst men hela hennes och med tiden mitt liv handlade om sex. Ibland undrar jag om det sitter i generna. Horans dotter har inte svårt att få av sig trosorna."

Jenny log deltagande.

"Alla färgas av sina upplevelser i barndomen. Och att leva ut sin sexlust är helt normalt bland moderna kvinnor."

Jens snurrade ölflaskan.

"Talade ni om incidenten senare?"

"Inte annat än att vi inte fick bli osams med Bendow. Han var viktig för vår ekonomi. Jag fick lova att inte ställa till det."

"Höll du det löftet?"

"Ja, men jag slutade aldrig att hata honom."

Plötsligt var den generöse och stillsamme mannen hatobjekt. Jens hade fått ont i ändan av den hårda träsoffan och reste sig. Han gick fram till fönstret som vette mot ängen där vi parkerat. Hans röst ekade mot glasytan.

"Ändå kommer hans förmögenhet ganska snart att hamna på ditt konto."

"Om mamma levt hade jag tackat nej. Om bara för att markera min åsikt."

Jag tänkte att sju miljoner kan få vem som helst att ändra åsikt. Eller i alla fall hålla den för sig själv. Jens tittade på oss över sin axel.

"Vi har en besökare. En som ser arg ut. Han kommer nog att anklaga oss för olaga parkering och för att vi har brutit oss in i hans hus. Vi har femton sekunder på oss att pressa fram en förklaring."

Christine reste sig och ställde sig bredvid honom. Hon log elakt när hon kände igen skogsbonde Andersson.

"Låt mig sköta det här. Han känner inte igen mig. Jag skall friska upp hans minne."

Vi misstänkte ess i rockärmen. Christine var inte att leka med när hon fattade humör. Det hade vi lärt oss. Ytterdörren flög upp med sådan kraft att det förvånade mig att den inte flög loss från gångjärnen. Den gänglige mannen stannade innanför tröskeln och blängde ilsket. Uttrycket mildrades när han fick syn på tjejerna men attityden var mil ifrån vad som gäller för älskvärd i sociala sammanhang. Han skakade ett krokigt finger mot Jens som han uppfattade som chefskonspiratör.

"Ni har ingen rätt att bryta er in här. Ni är inga poliser. Jag har kollat. Ni är bedragare. Jag skall anmäla er för polisen."

Det slog mig att vi inte hade rört oss hundra meter i den här avlägsna skogen utan att vara observerade. Jens gjorde en svepande gest.

"Trevligt att träffas igen, Andersson. Du känner Freddy och Jenny." Gesten riktades mot Christine. "Det här är Christine Rolf. Henne har du också träffat förut."

Anderssons mimik gick från förbannad via förskräckt till vad som i hans kosmos gällde för vänlighet. Han svalde.

"Är det verkligen du, Christine. Jag får medge att jag inte känner igen dig. Hur mår du?"

"Bra, med tanke på allt som hänt."

Andersson mumlade sitt beklagande. Jag nickade mot bordet.

"Får det vara en kopp kaffe?" Jag såg att han var på väg att tacka nej och drog fram pluntan.

"Och något värmande till."

Tillägget ändrade attityden. Jag såg att han försökte läsa etiketten. Jag använder alltid samma flaska. Etiketten säger Black Renault men det var många år sedan det var innehållet. Men färgen är ungefär densamma.

"Vi misstänker att det som hänt på sistone har något att göra med det som började för femton år sedan."

Vi kunde iaktta nytt sväljande. Jag gissade att Christine hade tagit honom på bar gärning när han smygtittade på nakna Margaret. Jens hällde upp kaffe och en rejäl skvätt ur pluntan som han tagit ifrån mig.

"Det var bra att du tittade förbi, Andersson. Då kan du kanske hjälpa till. Vad kommer du ihåg från den tiden?"

Plötsligt verkade han angelägen att hjälpa till. Han tog girigt emot muggarna från Jens.

"Jag kommer ihåg en grann bil som kom regelbundet. En Buick tidigt femtiotal. Skick som ny. Jag gillar gamla amerikanare. Har en själv. Studebaker femtiofyra, ljusgrön."

Jens plockade fram en sliten anteckningsbok. Jag blev förvånad att teknikälskaren tänkte använda penna. Allt annat antecknades på mobilen.

"Buick femtiotal, jag tror jag vet hur de ser ut. En massa krom kring nosen?"

"Precis. Det här var den finaste jag sett. Jag kommer till och med ihåg registreringsnumret." Han rabblade upp ett nummer som var lätt att komma ihåg, tre identiska bokstäver och tre identiska siffror. "Funderade på att kolla ägaren men det blev aldrig av. Tänkte höra om den var till salu. Hade gärna köpt den."

Jag förstod att anteckningsboken var en eftergift. Hade Jens knappat på sin mobil hade skogsmannen kanske trott att han ringde polisen.

"Märkligt att han vågade köra en sådan bil på de här vägarna."

"Jag hade gjort i ordning vägen för sommargästerna. Kostade en förmögenhet. Regn och frost går hårt åt våra vägar. Nu för tiden behöver man en traktor eller en sådan där." Han pekade genom fönstret mot vår hyrbil.

Plötsligt satte han ögonen på Jenny.

"Du hade fel om formen på bränslemätaren. Dom ändrade aldrig den formen, jag har kollat."

Jenny och Jens har en sak gemensamt, de tappar aldrig fattningen.

"Bra att du nämnde det, Andersson. Jag förväxlade Ferguson och Ford. Jag kom att tänka på det när vi åkte hem."

Ursäkten accepterades med en tveksam nick. Jag var säker på att han skulle kolla formen på Fords bränslemätare från tjugotalet och framåt. Jens tittade upp från sina anteckningar.

"Såg du några andra bilar än Buicken?"

"Det kom en blå Opel, också regelbundet."

"Registreringsnummer?"

Han skakade på huvudet som om frågan var dum. Hans uppfattning om Opel avslöjades av sättet att uttala namnet.

"Såg du förarna?"

"Som jag sagt förut såg jag dem bara genom vindrutorna. Om jag skulle gissa var mannen i Opeln i femtioårsåldern. Han som körde Buick var yngre, trettiofem kanske."

Jag lade till femton år och tittade förstrött på Christine. Hon tittade inte tillbaka men såg spänd ut. Jag glömde frågan jag tänkt ställa. I stället lyssnade vi till Jens berättelse om en amerikansk bil från hans ungdoms Köpenhamn. En släkting hade ägt den och så småningom fraktat den till USA där han visat upp den på träffar för likasinnade och därefter sålt den i landet där den tillverkats. Gripande historia som fick mig att kväva en gäspning men Andersson lyssnade intresserat. En ny blick på Christine talade om att hon hade lämnat oss för ett besök på en annan planet. Min borttappade fråga återvände men jag ställde den inte. Den skulle ändå besvaras genom registreringsnumret.

Min gissning blev att hennes frånvaro orsakades av tankar på nästa samtal med Averander. Om advokaten hade varit en av besökarna och ville hålla det hemligt var det kanske bara för att han inte ville förknippas med en prostituerad. På den tiden hade det inte funnits någon lag som förbjöd sexköp. Vi hade fått våra frågor besvarade och

173

tackade Andersson för hans sällskap och tillmötesgående. Det verkade inte höra till vanligheterna att någon tackade för hans sällskap. Han tackade inte för vårt.

Jens hade gjort Andersson sällskap med några doser konjak så Jenny körde muskelbilen hem. Hon tyckte det var roligt att ratta en så stor bil. När jag påpekade att min buss var lika stor gav hon mig en blick som jag inte tänker beskriva. Men budskapet *man jämför inte råttor med lejon* var tydligt.

Det passade mig bra att sitta i baksätet och fundera. Christine satt bredvid mig men hon somnade när vi kom ut på asfalterad väg. Mina tankar hamnade hos Margarets väninna, Susan. Problemet var att hitta henne. Jag gissade att jag var tvungen att bege mig till stråket vid Rosenlund där de prostituerade höll till. Även om jag inte fick tag i henne kunde kanske någon som kände henne hjälpa mig.

Aktiviteter i Jästrummet

Det är roligt att baka matbröd och jag tycker om att testa nya recept. Den här gången hade jag blandat dinkelmjöl med grovt rågmjöl som jag skållat för att det skulle bli saftigt. Jenny satt på en stol och tittade på när jag knådade. Degen blev slät och fin trots det grova mjölet. Jag strödde lite vetemjöl över, klappade händerna rena och gick in till kontoret. Jenny följde efter. Det var söndag och jag hade gjort våfflor till kaffet. Jag håller styvt på traditioner. Den här hade jag skapat själv. Första söndagen var tredje månad är det våfflor med hjortronsylt och vispgrädde. Kvartalsvåfflan har Jens döpt den till.

Jenny förberedde kaffet medan jag slog mig ner i soffan. Jag förklarade att jag känt mig trött några dagar och tänkte vila medan degen jäste. Det hade hänt mycket den sista tiden. Hon mätte upp kaffe medan jag lutade mig tillbaka.

"Ta det lugnt, farbrorn. Lägg dig på soffan tills degen jäst färdigt. Jag förstår hur det känns när man har framtiden bakom sig och baktiden framför sig."

Jag är tio år äldre än min lillasyster, något hon ständigt påminner mig om. Dörrklockan ringde

175

innan jag hunnit tänka ut en syrlig respons. Jens missar aldrig våfflor med hjortronsylt. Han brukar traska rakt in utan att vänta på att jag öppnar. Jag väntade en stund men ingen kom. Jag reste mig och gick ut till hallen.

Det var inte Jens. Utanför stod kommissarie Robertson och en kvinnlig polis i uniform. Båda såg bistra ut. Jag bjöd dem att stiga in och förklarade att kaffet var färdigt. Jag berättade också att mina berömda våfflor väntade. De nickade bistert men mjuknade när kaffedoften träffade luktorganen.

Robertson sken upp när han fick syn på Jenny. Han brukar visserligen tycka om anblicken av charmtrollet men den här gången fanns det en praktisk anledning. Hennes närvaro var inte bara önskvärd, den var viktig. Den kvinnliga polisen log inte. Fanns en anledning till det också skulle vi strax få lära oss. Jenny kände den avoga attityden men gissade att den var riktad mot mig. All aversion från polisens sida brukar vara riktad mot mig. Robertson lade en våffla på assietten och smetade på ordentligt med sylt och grädde. Hans kollega följde exemplet. Det var hon som inledde samtalet.

"Jag heter Inger. Jag har nästan träffat dig förut, Larsson."

Jag hade inget minne av att ha träffat henne och tittade en stund på henne. *Nästan träffat dig* lät som om hon skjutit mot mig med sitt tjänstevapen och missat. Hon hade brunt hår som Jenny och

176

vakna blå ögon. När jag log för att skyla över såg jag att hon tittade på Jenny, inte på mig. Jenny är ogift och heter förstås också Larsson.

"Nej, jag minns inte. Nästan?"

"Vi sprang nästan på varandra i korridoren på sjukhemmet där Isabella Svensson är patient."

Jag har nämnt att Jenny sällan tappar fattningen men den här gången var det nära. Jag sneglade på Robertson. Han hade granitmasken på men ögonen avslöjade att han inte hade tråkigt. Det här var alltså poliskvinnan vars roll Jenny spelat på psykhemmet. Försvarstalet började med en huvudskakning.

"Jag hade ingen aning om att polisen hade avtalat en tid. Det var först när jag såg polisbilen som jag förstod att det skett ett misstag."

"Kommissarien har berättat att du har ett vaket intellekt. Hur reagerade det intellektet när läkaren sade att du var en kvart för tidig?"

"Jag gissade att någon hade avtalat tid och att det skett en förväxling men just då trodde jag att den som skulle dyka upp hade uteblivit. Mitt ärende tog inte mer än fem minuter."

"Det gjorde mitt. Det tog en halvtimma mer än beräknat. Tack vare dig. De sade att polisen redan varit där och att jag var en bedragare. Jag fick ringa fem samtal för att övertyga dem om att jag var polis. Fast jag bar uniform och visade min polisbricka."

Jenny ser inte ofta skuldmedveten ut. Jag önskade att jag haft en kamera. Hon såg ut som en liten flicka som fått ovett för att ha stulit en bit sockerkaka.

"Jag är ledsen. Men jag utgav mig inte för att vara polis."

"Nej, du är för smart för det. Om du hade gjort det hade du blivit anklagad för förebärande av tjänstetecken."

Inte oväntat kom Robertson till Jennys försvar. Han förklarade att de skulle låta udda vara jämnt den här gången och drog en ramsa om en annan person som ställt till det ordentligt genom att spela kommissarie. Jag gissade att den personens handlande omfattade försvårande av polisutredning. Inger smakade på en våffla och släppte ämnet. Åtminstone den frustrerande delen.

"Vad sade Isabella till dig?"

"Jag ville avslöja hennes och Matts bluff att hon haft ett förhållande med Bendow. Vi tror att hon inte träffat Bendow överhuvudtaget och att Matts talat om hur hon skulle svara."

"Jag ville också förhöra henne om den detaljen men hon pratade nästan inte med mig. Lyckades du bekräfta misstankarna?"

Jenny berättade om knepet med fotografierna. Inger frågade om Isabella sett personen hon pekat ut som Bendow. Då ringde det på dörren igen. Den här gången var det Jens glada signal, två korta och en lång. Som alltid traskade han in utan att vänta på att dörren öppnas. Hans muntra vissling slutade abrupt när han fick syn på alla människor. Han presenterades för Inger. Hon upprepade sin fråga. Jens kunde svara själv.

"Nej, hon har ingen aning om vem jag är och hennes son har inga bilder av mig. Dessutom är jag jämngammal med hennes son."

Robertson kliade sig på hakan. Ett raspande ljud avslöjade att söndag var dagen då rakning inte prioriterades.

"Då har vi kommit på honom med en bluff till. Börjar bli ett antal nu."

Jag hämtade kaffe åt Jens.

"Är han fortfarande misstänkt för mordet?"

Jag satte mig skrivbordskanten. Robertson slog ut med handen.

"Matts är misstänkt, Christine är misstänkt, Margaret är misstänkt, Averander är misstänkt tillsammans med alla tokstollar som vandrar omkring fria och oberörda på planeten."

Det blev tyst en stund. Några av de närvarande verkade överväga om de räknades till tokstollarna. Jag log dumt.

"Christine nämnde en väninna till mamman. Susan tror jag hon hette. Har ni talat med henne?"

Inger berättade att hon jobbade på sedlighetsroteln och att de hade haft bra koll på Susan till för ett år sedan då hon försvunnit. Det finns hem där kvinnliga drogmissbrukare rehabiliteras. Susan kanske var på ett sådant. Hon hade varit svårt nergången. Kanske hade hon dött under tiden. När jag frågade efter sådana institutioner svarade

Inger att hon inte fick lämna ut adresser av hänsyn till de intagna. Jag nickade att jag förstod.

"På tal om instruerade svar fick jag en känsla av att Christine lade vikt vid samordnade uppgifter."

Robertson tittade misstänksamt på mig.

"Samordnade med vem? Averander?"

Jag ryckte på axlarna. Jenny tittade plötsligt så koncentrerat på mina ögon att jag blev konfunderad. Hon pekade med två fingrar mot sina ögon.

"Lade du märke till en sak när vi var i stugan?" En huvudskakning talade om att jag inte märkt någonting. Frågan gick vidare till Jens med samma resultat. Hon suckade. "Om jag säger blå ögon?"

Vi gjorde varsin slapp gest och förklarade att Christine har ett grått och ett blått öga. Färdigdiskuterat. Hon härmade våra gester.

"Ni är uppmärksamma kavaljerer. Båda hennes ögon var blå. Vad drar ni för slutsats av det?"

Jag tittade mig omkring och såg att alla ögon var riktade mot mig. Alla var blå utom Jennys.

"Att du såg fel. Kommissarien vet att hon har ett blått och ett grått."

Robertson gav mig en trött blick. Hans ögon var mörkblå och djupt liggande.

"Kontaktlinser, Larsson. Men varför? Det verkar vara viktigt för henne att inte kopplas ihop med Averander. Vad gjorde ni i stugan?"

Jenny gav honom en detaljerad rapport inklusive Buickens registreringsnummer. Robertsons blick vandrade runt.

"Fröken Rolf tycks ha problem med minnet. Hon kommer ihåg allt om den ene besökaren men ingenting om den andre." Han drog fram sin mobil och knappade en stund innan han lyfte blicken. "Wilhelm Averander äger bilen. Någon som är överraskad?"

Den avslutande frågan framfördes i uppgiven ton. Jens lutade sig tillbaka i sin fåtölj.

"Då kan vi vänta en historia om att bilen var utlånad den sommaren och att den som lånade inte minns någonting från den tiden. Eller att Averander glömt vem det var. Omöjligt att kontrollera."

Robertson drog i en örsnibb.

"Jag undrar om motviljan att sammankopplas med damerna Rolf har andra grunder än att det är genant att ha barn med en prostituerad?"

Vi funderade på det men ingen hade en förklaring. Jenny hämtade kaffekannan och fyllde alla koppar. Våfflorna hade gått åt förutom den sista hjärtformade biten som ingen någonsin rör. Jag gled ner från skrivbordskanten.

"Det är kanske illa nog för en framgångsrik advokat."

Robertson lade en sockerbit i kaffet.

"Vore intressant att veta hur testamentet är utformat. När är det skrivet, om det finns villkor, om allt går till Christine, hur mycket Averander får för sitt arbete?"

Jag stod upp och drack mitt kaffe.

"Han har väl så mycket pengar han behöver och om han är far till henne väntar väl en förmögenhet till."

"Bendows hus är till salu, utgångspris tretton miljoner."

Jag trodde inte jag hörde rätt. Robertson förklarade att för ett år sedan såldes ett hus i närheten för sexton miljoner. När jag tänker på huspriser tänker jag tre, högst fem miljoner. Han förstod vilka spår våra tankar hamnat på.

"Averander hjälper nog till med skatteplaneringen så att det mesta stannar på kontot."

Magister Jens tyckte att det gått väldigt fort att avsluta dödsboet och berättade om en rik släkting i Köpenhamn som gått bort. Det skiftet hade tagit tre månader fast det inte funnits konflikter. Robertson förklarade att trots de stora tillgångarna var det inget komplicerat med det här dödsboet heller. Begravningsfirman gick till övriga delägare. Advokater vet hur man snabbar på tingsrätten.

Ändå gnagde en känsla att det var något panikartat med beteendet. Vad gör det om Christine får pengarna nu eller om ett halvår?

Jenny tyckte vi hade missat en viktig detalj.

"Först hör vi att Bendow är en trevlig prick som delar med sig av sina pengar. Sedan hör vi att han är knarklangare. Vad är det som inte stämmer?"

Robertson berättade att han hörde knarklangare för första gången. Stämde inte med officiella bilden av den döde mannen. Spekulationen att det

182

kunde finnas en hatrelation mellan knarkare och langare framfördes av Jens men ingen kommenterade. Mina tankar hamnade på liknande spår. Knarkare tappar lätt kontrollen

Jag passade på att ta upp ett närliggande ämne när sedlighetspolisen var närvarande. Inger skakade på huvudet åt Christines försäkran att snygga Margaret bara haft snygga pojkar och kända män som kunder.

"Följ med till Rosenlund en kväll och titta på snubbarna som dyker upp. En och annan kan se skaplig ut men de hör till undantagen. De snygga pojkarna betalar inte för sex. En del av dem tar betalt. Och jag skulle vilja uppleva en gammal nerknarkad hora som väljer och vrakar. Christine försöker snygga till minnet av sin mamma. Kallas självbedrägeri."

Det blev tyst på det där konstiga sättet som indikerar att allting är sagt. Polismakten tackade för kaffe och nyttig information. Det kändes som om vi arbetade tillsammans nu. Trots kommissariens sarkastiska inpass om skillnader mellan dilettanter och proffs visste jag att han uppskattade våra små korn. Ingers inlägg om Rosenlund fick mig att fundera på om jag skulle gå dit och prata med någon av damerna. Jag hade en känsla av att Christine inte skulle berätta var hemmet fanns även om hon visste.

Jag följde med ut i hallen. Inger gick ut i trappuppgången först. Robertson tittade allvarligt på mig när vi var ensamma.

"Vi har ett trumfkort." Han sänkte rösten till knappt hörbar. "Kastrering. Om någon säger något om kastrering så låt mig få veta."

Jag fattade ingenting. Bara ordet *kastrering* får det att dra ihop sig i en viss del av min anatomi. Skulle Christine prata om kastrering och varför? Nej, jag skulle verkligen inte ta upp det ämnet. Kanske i enrum med Jens om tillfället kändes rätt. Jag stängde dörren och gick tillbaka till kontoret. Jens och Jenny tittade konstigt på mig. Jag insåg att jag inte rättat till anletsdragen efter Robertsons kryptiska yttrande. Jenny påminde mig om min jäsande deg. Glad att få skingra tankarna skyndade jag ut i köket.

Mellan Fralla och Wienerbröd

Jag undrar hur dataknuttarna som jobbar ihop med Jenny har det. Hon är enda tjej. En av dem borde vara chef och den som fördelar uppdragen. Han har det nog som jag. När jag har kommit på ett lämpligt uppdrag tittar hon försmädligt på mig och sträcker fram handen. Inte för att finns något i den utan för att jag skall lägga dit något. Jag erinrade mig att poliserna nämnt snabb och vaken när de analyserade hennes egenskaper. Snabb håller jag med om men då menar jag handen.

Uppdraget jag tänkt ut handlade om att charma Averander för att luska ut hur testamentet var utformat. Det var när jag sade det som hon sträckte fram handen. Signalen var att uppdraget var utfört. Hon visste att jag fått tiotusen av Matts. Allt jag får i samband med deckarjobbet delar hon i tre och kräver sin del. Mina invändningar att allting runt omkring kostar pengar lyssnar hon inte på. Deckeriet som hon kallar det är en skojig hobby och tillägger att den inte blir skojig förrän hon och Jens kryddar anrättningen.

När antalet sedlar i hennes hand var tillräckligt många nickade hon och sade att min idé var korkad. I ljuset av den kunskap hon hämtat från en av delägarna i begravningsbyrån var Averander den siste som skulle yppa något om testamentet. Personen hade till och med fått ett papper med instruktioner av Bendow om något skulle hända Averander. Hon log sötsurt och sade att jag hade haft rätt i ett avseende; charmen hade kommit till användning. Inte det grova artilleriet, det hade inte behövts. Jag gissade att den utvalde var en ensam stackare med flåsiga drömmar om snygga tjejer. Hon log sötsurt igen.

"En sådan som du? Nej det här var en person med stort självförtroende."

"Du lät honom ana att det fanns vissa utsikter?"

"Henne."

"Förlåt."

"Det var en hon. Ett femininum." Hon gjorde en kupande rörelse kring sina bröst. "Den makalösa sorten. Den här var makalös i ordets båda betydelser. Eller makelös. Erika heter hon. Hon berättade att hon från början tyckt att det var något konstigt med testamentet och att Bendow var helt i händerna på sin advokat. Grundlurad kallade hon det."

"Berättade hon vad som stod i testamentet?"

"Ja, men först diskuterade vi hur korkade män är i allmänhet och vissa exemplar i synnerhet."

Den diskussionen kan jag återge ord för ord efter att ha matats i åratal. Jag suckade.

"Finns det något i testamentet som kan påverka fallets utveckling?"

"Påverka är fel uttryck. Förändra totalt är en bättre beskrivning. Christine får inte röra pengarna de första två åren. Averander kontrollerar och disponerar allt i tjugofyra månader."

"Behöver inte betyda annat än att pengarna förräntas på ett konto. Om hon är hans dotter stannar pengarna inom familjen."

"Det är en misstanke som baseras på ögonfärg. Men det har ingen inverkan på testamentet. En ihärdig person kan spendera tio miljoner på några månader."

Hon tittade rakt fram med frånvarande min.

"Hon sade något annat som lät konstigt. Bendow bad henne och en annan av delägarna att bevittna testamentet."

"Vad är det för konstigt med det?"

"Två anledningar. Om Averander skötte testamentet borde han väl se till att ha pålitliga vittnen till hands. Den andra är att Erika och kollegan skrev på det här testamentet två veckor innan Bendow försvann."

Det lät konstigt.

"Finns det mer än ett testamente?

Hon ryckte på axlarna men svarade inte. Min bild av Averander som lagens omutlige väktare byggde på intryck från ett kort besök. Den bilden började bli lite vag i konturerna. Vi kanske borde syna honom. Jenny läste mina tankar.

"Rika människor har ofta vidlyftiga vanor."

Hon tittade plötsligt ilsket på mig.

"Tänker du beställa någonting? Jag är hungrig."

Vi hade träffats på en uteservering på Avenyn. Jenny arbetar i närheten och brukar ta en fika just där. Jag hade kommit före henne och satt vid ett bord när jag bläddrade fram pengarna medan hon stod upp och tog emot dem. En ensam kvinna satt intill och låtsades att hon inte såg. Men alla ser Jenny när hon har sina hyss för sig. Kvinnan trodde nog att jag hade lurat till mig pengarna som nu krävdes tillbaka. Jenny satte sig när hon fått sedlarna.

Det var självservering så jag fick traska in och hämta kaffe och smörgåsar. En räkmacka och en ostfralla. Kvinnan tittade misstänksamt när jag återvände men lugnade sig när hon såg att Jenny fick räkmackan. Hon var sorten som såg minsta gest mellan man och kvinna som inlägg i jämställdhetsdebatten.

Jenny kan inte se något ätbart utan att genast sätta tänderna i det. Mellan två tuggor kastade hon en frågande blick på mig.

"Vad tror du?"

"Om räckmackan?"

"Testamentet. Varför skrev Averander som han gjorde?"

"Han vet hur man skriver testamente."

Hon suckade och tuggade tyst en stund. Jag funderade på vad hon var ute efter. Hon sköljde ner med kaffe.

"Här är förutsättningarna. Förtroende mellan Bendow och Averander är grundförutsättning. Bendow måste överygas att Christine är hans dotter. Lyckades bra. Knepet med två års förfoganderätt bygger också på förtroende."

"Du utgår från att det handlar om konspiration från Averanders sida. Jag tror att det är tvärtom, Bendow engagerade sin vän för att testamentet skulle bli juridiskt korrekt."

"Det är det jag talar om. Guldsits för Averander. Bendow hade inga naturliga arvingar så Averanders dotter kammar hem storkovan. Tror hon."

"Bendow var begravningsentreprenör. Han sysslade dagligen med testamenten. Varför anlita någon annan?"

"Averander skötte begravningsfirmans juridiska ärenden. Det var naturligt att anlita honom. Dessutom var de personliga vänner."

Jag fick erkänna att hon hade en poäng. Men varför misstänka advokaten? Det var kanske så det gick till när stora arv var inblandade. Pengarna förvaltades av juridiskt kunniga personer. Jag framförde åsikten och fick höra att jag var naiv. Då betonade jag att testamentet och arvet inte var vårt uppdrag. Vi skulle fria Matts från mordmisstankar. Han hade betalat tiotusen i förskott. Det godkändes naturligtvis inte som alibi av Jenny.

"Allt hänger ihop. Testamentet kan vara mordmotivet. Vem tjänar på Bendows död?"

Jag tyckte att vi glömde bort viktiga aspekter. Inte minst tidsaspekten och de prostituerades roller. Margaret hade tagit överdos och dött någon vecka efter att Bendow försvunnit. Om Susan visste vi bara att polisen inte sett henne på ett år.

Allting hade hänt vid ungefär samma tidpunkt. Matts hade funnits i bakgrunden hela tiden. Hans påstående att han inte känt till Bendow smulades när dna-bubblan sprack. Jenny vilade ögonen på min pladdrande mun tills den stängdes. Hon höll naturligtvis inte med.

"Matts trodde att han skulle bli miljonär om Bendow dog och planerade för det på alla sätt. Bluffen höll inte men förutsättningen var Bendows död. Du tror att han är oskyldig för att du tänker skicka en saftig räkning."

Jag förklarade att jag inte hade räknat bort Matts. Robertsons teaterviskning om kastrering tänkte jag hålla för mig själv tills jag förstod vad det handlade om. Jag gick igenom vad vi hade framför oss; ta reda på om Averander hade vidlyftiga vanor; ta reda på var hemmet för missbrukande kvinnor fanns; hoppas att Susan var där eller att någon kunde lämna upplysningar om henne. Bara kvinnor är tillåtna, avslutade jag. Jenny ryckte på axlarna.

"Varför inte? Sköter jag allt annat kan jag fixa det också. Måste kanske börja missbruka någon drog för att bli insläppt."

Jag visste att hon skulle tänka ut en bra historia. Jag skulle köra henne dit fast inte i en Range Rover. Hon smaskade i sig resten av räkmackan och tittade uppfordrande på mig. Jag suckade och traskade in till kaféet för att hämta wienerbrödet hon måste avsluta alla kafébesök med. När jag återvände stoppade hon ner sin mobil. När jag frågade vem hon ringt halade hon upp den igen. Fast det var en surfplatta.

"Finns inte många sådana hem för kvinnliga knarkare. Det vi letar efter ligger ner mot Småland."

Så där ja. Innan jag hunnit berätta hur vi skall lägga upp taktiken har Jenny fixat alltihop. Hon touchade fram uppgifterna och räckte mig plattan. Jag räknade ut att det var ungefär femton mil dit. Hon såg oförskämt belåten ut så jag kommenterade inte mer än nödvändigt.

"Okej, då svänger vi dit och tar en pratstund."

Hon gav mig en blick.

"Det stör dig inte att jag löser problemen medan du hämtar ett wienerbröd?"

"Okej, snyggt jobbat. Jag hade tänkt göra det på ett annat sätt men det här gick också bra."

"Jag vet vilket sätt du tänkt ut. Traska ner till Rosenlund och prata med de lättfotade. Kanske följa med någon och betala för pratstunden som utvecklar sig till något annat än en pratstund. Betala med pengarna du fick av Matts. Omkostnader?"

Det är fruktansvärt irriterande när hon träffar med sina giftpilar. Som om hon kryper in i mitt huvud. Jag försökte se förnärmad ut.

"Det är olagligt att köpa sex."

Jag tänkte lägga till att min moral förbjöd mig att ens tänka i sådana banor men då hade hon släppt ut sitt tokskratt och övriga gäster hade tittat åt vårt håll, sett mitt förolämpade uttryck och börjat skratta de också. För att ändå säga något nämnde jag Robertsons konstiga kommentar. Hon tittade på mig som om jag borde låsas in.

"Kastrering? Sade han bara så? Tyckte han att du borde kastreras?"

Jag förklarade att jag blivit lika konfunderad. Jenny älskar när det blir kryptiskt men innan hon hann presentera en teori svängde en cykel in och stannade utanför kaféet. Jens glada nuna blev mindre glad när servitrisen sade till honom att det var förbjudet att parkera cyklar där. Han rullade bort en bit och lutade den mot ett träd. Han hämtade kaffe och fralla. När han slagit sig ner tog vi om historien om kastrering. Hans magisterhjärna arbetar precis som Jennys datahjärna. Spekulationerna radades upp. Hade någon blivit kastrerad? Vem och i så fall varför?

Vissa ord har en förmåga att få folk att spetsa öronen. Kastrera är ett sådant. Jens såg inte att övriga gäster tystnade och kastade blickar. Jag lade armarna över bröstet. För en gångs skull var inte jag måltavlan. Det hann bli ett antal varianter på kastrering innan det oönskade intresset uppmärksammades. Jens bet i sin fralla och tittade ilsket på mig. Jag borde gjort honom uppmärksam på åhörarskaran. Jag log oskyldigt.

"Jag hörde kanske fel. Han menade nog kalkering. Någon hade kalkerat av testamentet."

Kommentaren förbättrade inte hans humör men fick folk att tappa intresset och återgå till egna samtalsämnen. Jag påminde Jens om hans idé att deckarjobb handlar om rätt plats vid rätt tillfälle. Det här var definitivt fel plats och fel tillfälle. Vi bestämde att fortsätta debatten på mitt kontor. Jens tuggade i sig sin fralla och nickade beskäftigt. Det var dags för rapporten som pumpade i hans huvud.

Jag fick en deja vu-känsla när jag lyssnade. Inte för att jag hört redogörelsen utan för att det skedde på samma sätt som när Jenny sträckt fram handen. Fast Jens sträckte inte fram handen. Medan jag försöker spela chef och tänka ut uppdrag tar de egna initiativ och utför uppdragen innan jag tänkt färdigt.

Jens lutade sig över bordet och lät ögonen vandra mellan våra ansikten. Han är lika duktig på att bygga upp förväntan som Jenny. Introduktionen handlade om travsport. Magistern börjar alltid i rätt ordning med inledning, avhandling och avslutning.

"Man borde faktiskt gå oftare till travbanan. Hästar är vackra djur och man träffar många människor. Så kan man satsa pengar på de vackra djuren. Har man tur vinner man. Har man otur vinner man inte."

Jag gjorde en trött gest.

"Jag har hört att det handlar om kunskap."

"Det har du hört från någon som spelar vilt och kanske vann några tusen för tjugo år sedan. De slutar aldrig prata om sina vinster och börjar aldrig prata om förlusterna. Anledningen till mitt besök var att en kollega gav mig ett stalltips.

Bombsäkert. Alla notoriska spelare vet vilka hästar som kommer att vinna och efter loppen vet de varför de inte vann. Min kollega är en av dem. Jag följde med till travbanan bara för att han tjatade om hur många tusen jag skulle förlora om jag inte satsade på just den hästen. Han heter John. Min kollega, inte hästen. Jag hade aldrig varit på en travbana förut."

Vi fick lära oss hur det går till när man satsar. En person sitter i en lucka, tar emot pengarna och lämnar tillbaka ett kvitto.

Jag låtsades kväva en gäspning.

"Du menar som i ICA-butiken. Man betalar och får ett kvitto på att man köpt en liter mjölk."

Han skickade en blick mot himlen.

"Lyssna noga nu. Medan vi stod där och studerade programmet kom en välklädd person in och ställde sig bredvid John. De kände varandra och började prata om hästarnas dagsform och vilken som springer bäst på vått underlag. Det regnade lite lätt. Jag letade i programmet efter hästen som skulle ge mig en förmögenhet. John var snabbt färdig med sitt val och gick fram till luckan. Den välklädde slängde sitt första program och tog ett nytt. Ett litet kort han använt som kladd följde med. När han gick till luckan plockade jag upp programmet han skrivit i för att se vilka hästar han kryssat för innan han ändrade sig. Kortet låg i programmet."

Ett av Jens hyss är att göra pauser och byta ämne.

"Alla klagar över sitt dåliga minne men ingen klagar över sitt dåliga förstånd."

Jag kom ihåg citatet men inte upphovsmannen. Halvdåligt minne? Jens friskade upp.

"Larochefoucauld, fransk filosof. När jag äntligen hade bestämt vilka hästar jag skulle satsa på hade den välklädde och John försvunnit ut till travbanan för att titta på loppen. Jag hade naturligtvis läst fel och fick göra om hela proceduren. När jag kom tillbaka sade killen i luckan att det var försent att satsa på den hästen. Loppet hade redan startat. Då såg jag att jag hade kryssat för fel häst igen och blev så irriterad på mig själv att jag kryssade för en häst vilken som helst i ett senare lopp. När jag stod där och velade blev jag undanknuffad av den välklädde som kom rusande för att satsa på nästa lopp. Jag lät honom gå före. Han tackade inte ens."

Jens tog ett djupt andetag.

"Han satsade på två hästar som vinnare. Jag hade dragit mig åt sidan och låtsades studera programmet medan jag skrev upp hans hästar. Han satsade femtiotusen på var och en."

Jens nämnde hästarna och loppen som om vi också skulle satsa på dem. Jag trodde fortfarande att det bara var en berättelse om hur det går till på travbanan. Vi fick höra att den välklädde försvann igen. Ett gäng på tre killar hade under tiden kommit in. De tittade efter den försvunne och skakade sina huvuden. En av dem berättade att förra veckan förlorade mannen trehundratusen på ett bräde. En man till kom in och bläddrade i sitt program. Jenny hade under tiden plockat fram sin surfplatta och touchat en stund.

"Den ene kom sist och den andre galopperade."

Vi förstod att hon pratade om den välklädde mannens hästar. Jens gjorde en ny lång paus. Jag tittade frågande på honom.

"Dåligt förstånd?"

"Vi visade lika dåligt förstånd båda två. Jag som inte fattade hur man satsar, den välklädde för att han spelade helt vansinnigt."

Han tystnade igen. Jag gjorde en gest.

"Jag kallar det för dåligt omdöme. Okej, var är poängen?"

Han pillade fram några papper ur plånboken, spelkvittot som han slängde i skräpburken på bordet och kortet han plockat med sig. Jenny plockade upp spelkvittot. Han förklarade att han inte visste hur loppet slutat och att han inte brydde sig. Men när han visade upp kortet lyste triumfen igenom. Han gav det till Jenny som stirrade häpen en lång stund innan hon skickade vidare till mig. Det var ett elegant affärskort med sparsamma uppgifter. Jag mumlade namnet.

"W. Averander, advokat, specialitet brottsmål."

Jag var ende som träffat mannen och för säkerhets skull bad jag om en beskrivning. Den stämde. Averander har klass. Men det hade inte hans beteende framför vadslagningsluckan.

"Okej, då vet vi att han spelar på hästar. Vad skall vi göra med den kunskapen?"

De tittade uppgivet på mig. Jenny suckade.

"Vi kan anta att han är spelberoende, vi kan anta att han har stora skulder. Han visste allt om Bendow, Christine och Margaret. Genom testamentet har han kontroll över tio miljoner."

Jag kände att min invändning att advokater tjänar mycket skulle framkalla löje. Averander var plötsligt med på listan över mordmisstänkta. Det skulle bli intressant att se Robertsons min när jag informerade honom. Jag hann inte tänka färdigt förrän Jens avbröt.

"Jag ringde Robertson och frågade om polisen känner till Averanders utsvävningar på travbanan. Det gör de och hade en man på honom för att hålla koll på hans satsningar. Han nämnde också att det finns ett testamente till."

"Vet han vad som står i det andra testamentet?"

"Nej, men han sade att det är viktigt att få tag i det så snart som möjligt."

Självklart, ett nyare testamente skulle göra Averanders gyllene testamente ogiltigt. Jag funderade på vad dagen hade fört med sig. Klockan var inte ens tolv. Jenny hade tagit reda på testamentets innehåll och snokat fram adressen till hemmet för knarkande kvinnor. Jens hade med hjälp av tur och en hästintresserad kollega, skaffat fram uppgifter som ställde fallet på ända. Jag hade inte gjort någonting. Jenny plockade fram sin surfplatta igen, studerade spelkvittot Jens hade slängt och plockade fram resultatet från loppet. Han kom inte ens ihåg namnet på hästen. Hon höll upp kvittot.

"Titta vad jag hittade i skräpburken. En vinst på femtontusen."

Jens sträckte sig efter kvittot. Han fick det naturligtvis inte. Rätt åt dig, tänkte jag. Så har jag det när giriga fingrar sträcks emot mig. Han fick det inte förrän han lovat att dela med sig. Femtusen krävde hon. Jens och jag suckade gemensamt och bestämde att det var dags för lunch. Jag kunde inte släppa tanken på ett nyare testamente. Som om Bendow fått upp ögonen för vad hans vän sysslade med.

När Dimmorna Tätnar

OM JAG INTE åstadkom någonting skulle spy-digheterna snart börja hagla. Det okända testa-mentet var en passande uppgift. Jag ringde till Erika på begravningsbyrån. Hon hade gärna hjälpt till men hon visste bara att testamentet exi-sterade och att en kopia hade skickats till en Mar-garet Rolf. Jag berättade vem Margaret var och hur hon kände Bendow. Erika berättade att det var en öppen hemlighet att Sven hade haft en pro-stituerad till älskarinna och att de hade en dotter tillsammans. Jag förklarade sammanhanget. Hon tackade och sade att om hon fick tag i en kopia av det nya testamentet skulle hon kontakta mig.

En kopia hade alltså skickats till Margaret men var fanns originalet. Bendows villa hade genom-sökts av polisen men de hade knappast letat efter ett dokument som inte hade någon koppling till utredningen. Förrän nu. Inga släktingar som rotat igenom skåp och lådor. För att få igång hjärnan gjorde jag avkall på min princip att inte dricka alkohol ensam och hällde lite whisky i ett glas.

Jag vet inte om det är det kluckande ljudet som sänder signaler eller om det finns någon slags telepati mellan mig och Jenny men när jag förde glaset till munnen rycktes ytterdörren upp och ögonblicket senare satt hon i soffan.

"Slå upp en till mig också. Jag har haft en jobbig dag. En kund hade problem med ett program och jag fick åka dit och fixa det. Företaget ligger i Mölnlycke."

Jag räckte henne glaset.

"Oj! Det är nästan en mil till Mölnlycke. Stackars dig. Sitta i en taxi i tio minuter."

Hon log sötsurt.

"Berätta hur du har haft det. Hur är det med sittsåret?"

Jag berättade att jag talat med Erika och att hon nämnt ett annat testamente men att hon inte kände till innehållet. Jag skulle just tillägga att jag tänkt ut en briljant idé när hon avbröt.

"Sade inte Robertson att huset var till salu? Då gör vi så här, vi ringer mäklaren och säger att vi är spekulanter. Medan vi är där uppehåller jag honom medan du smyger runt och letar efter testamentet."

Punkt. Hela föreställningen åt pipan. Nej, men ombytta roller. Min idé hade varit att jag uppehöll mäklaren och Jenny rotade i skåp och lådor. Hon touchade på sin surfplatta. Det fanns bara en villa till salu i det området. Bilden visade en magnifik byggnad med lika magnifik utsikt. Visning om två dagar. Man måste anmäla sitt intresse. Hon plockade fram mobilen och bestämde tid för Fredrik och Jennifer Larsson. Lät som om vi var gifta men det var nog hennes avsikt. Ett par verkar trovärdigare som köpare av en sådan fastighet än en ensam privatdeckare. Det var allt. Hon berättade att hon inte hade hunnit äta och att det skulle smaka gott med en bit hos italienaren tvärs över gatan. Jag smuttade på whiskyn.

"Då kan vi åka till hemmet i morgon och fråga om Susan."

Passade henne bra. Hon var ledig och om hon inte var ledig arbetade hon hemma vid sin dator. När jag undrade vad som skulle hända om en kollega dök upp för att prata med henne och hon inte var där.

"Det är inte arbetstiden som räknas, det är resultatet."

Vi bestämde att traska över till Giacomo. Hans pizzor är goda och inte så stora att man blir mätt bara av att titta på dem. Precis när vi skulle gå ringde det på dörren. Jag hade redan handen på handtaget.

Christine stod utanför med en mapp under armen och såg stressad och plågad ut. Hon hade inte heller ätit. När vi strosade över gatan berättade hon att hon bestämt att göra sig av med allt som påminde om Margaret. Kvarlåtenskapen bestod av en kartong med papper och en trälåda med värdelösa prylar. När vi beställt våra pizzor drog Christine fram ett papper ur mappen och lade det framför oss. Jenny och jag satt bredvid varandra och läste igenom texten. När vi kom till sista raden tittade vi på varandra och sedan på Christine. Det var testamentet vi diskuterat på deckarkontoret. Christine berättade att det legat i kartongen tillsammans med hundratals andra papper. Hon hade tänkt slänga alltihop när hon fått syn på testamentet. Det stack ut eftersom det var skrivet på finare papper i en gulaktig ton.

"Adjö, alla miljoner."

Det var enkelt och kortfattat. Allting gick till Margaret Rolf utom andelen i begravningsfirman. Christine var inte nämnd. Servitören kom med våra drycker. Jenny smakade eftertänksamt på vinet.

"Bara vi tre känner till det här testamentet. Och om det är det som gäller ärver du din mor. Du får alltihop ändå. Utan villkor."

Christine gjorde en grimas men det kom inga synpunkter. Mina tankar återvände till husvisningen.

"Detta är en kopia. Originalet måste finnas i Bendows hem."

Jag berättade om vår plan att genomsöka huset medan en av oss uppehöll mäklaren. Hon nickade uppskattande.

"Bra idé. Förresten kan ni få det som officiellt uppdrag av mig. Skaffa fram originalet. Jag betalar."

Jag tänkte invända att det var olagligt att göra så men bet mig i tungan. Våra pizzor anlände. Jennys blick försvann ut genom fönstret.

"Om vi hittar det, vilket inte är troligt, vill du då att det första eller andra testamentet skall gälla?"

Det var uppenbart att hon inte tänkt på det. Det fanns ett argument till. Jag frågade om hon kände till Averanders spelvanor. Det gjorde hon inte. Chocken fick henne att tappa hakan.

"Då måste jag stoppa försäljningen. Det är faktiskt mitt hus även om Averander sköter försäljningen via mäklare."

Det slog mig att han kanske redan belånat fastigheten. Det första testamentet gjorde honom till förmyndare. Christine tittade skyggt på oss.

"Jag bad polisen ta ett dna. Bendow är inte min far."

Nej, tänkte jag. Din far är just i färd med att stjäla ditt arv. Ett arv som han fixade genom att manipulera Bendow med baktanken att lägga beslag på kulorna. Jenny ryckte på axlarna.

"Vem är din far?"

Christine tittade ner på sin pizza. Rösten sjönk till ett viskande.

"Averander."

"Vet han?"

En nick bekräftade. Jag gjorde en rörelse med gaffeln.

"Hur gammalt är det första testamentet?"

Det var tio år sedan Averander satte ihop dokumentet. Jag undrade tyst om advokaten haft spelproblem redan då. I så fall kunde skulderna stigit till gigantiska summor. Det kunde för all del även eventuella vinster ha gjort. Jag undrade varför Bendow skrivit ett nytt.

"Tror du att han kom på att du inte var hans biologiska dotter?"

"Han kanske kom på Averander med det sanslösa spelandet och förstod att hela hans förmögenhet skulle hamna på Åby om han inte ändrade testamentet."

Det lät sannolikt. Jenny såg betänksam ut.

"Känner du till något hem för kvinnliga drogmissbrukare?"

Vi noterade en skräckslagen min. När Jenny inte fick något svar bad hon Christine berätta om Susan.

"Susan försvann spårlöst. Ingen vet vad som hände henne. Det finns ett sådant hem som du frågade efter men det är privat och frivilligt. Ingen tvångsvård i statlig eller kommunal regi. Hemlig adress och hemligt telefonnummer som bara kan fås genom en frivillig organisation."

Jenny berättade att hon googlat fram en adress. Christine skakade på huvudet när hon berättade.

"Det är mycket längre bort. Mot Värmland."

Hon drog fram sin plånbok. Ett litet kort räcktes till Jenny som skrev av uppgifterna och lämnade tillbaka det. Christine såg olycklig ut. Till min förvåning frågade hon om vi skulle åka i min bil eller i en hyrbil. Jag förstod inte varför hon ville veta det.

"Är det asfalterade vägar är min minibuss ett alldeles utmärkt fordon. Det finns möjlighet att skruva dit stolar och bord i lastutrymmet. Bekväm plats för fyra plus två i framsätet."

Jag blev ännu mer förvånad när hon frågade efter registreringsnumret. Hon gjorde en grimas.

"Man måste ringa i förväg och avtala tid. Då frågar de efter bilnummer och gör en koll med bilregistret. Inga män är tillåtna. Det finns en parkeringsplats med kameraövervakning."

"Om jag presenterar mig som anhörig?"

"Då måste du vara känd sedan tidigare."

Okej, tänkte jag. De frågar efter mitt bilnummer. Får de gärna. Inga hemligheter. Men varför måste Christine veta? Jenny såg inte heller nöjd ut. Innan vi skildes erbjöd sig Christine att följa med på husvisningen för att visa var huset ligger. Enskilt läge som man kunde förstå av priset.

När jag en stund senare satte mig vid datorn för att registrera dagens händelser slog det mig att prostituerade drogmissbrukare inte var önskvärt samtalsämne när Christine var inom hörhåll.

Charmig och Vänlig

Det var över tjugo mil till hemmet. Jenny hade ringt på morgonen och frågat om det passade att vi tittade in för att prata om en bekant som behövde rehabiliteras. Det gick bra och mötte inga hinder att en man var med. Inga frågor om bilnummer. Det slog mig hur ofta folk missuppfattar och att missuppfattningen blir officiella uppfattningen. Hemmet drevs i privat regi och var naturligtvis beroende av avgifterna.

På vägen lade vi upp en taktik. Namnet på vår fiktiva bekant fick bli något neutralt. Anna Eriksson lät bra. Drogen hon missbrukat var amfetamin. Heroin lät hårt fast vi inte visste mycket om olika drogers skadeverkan. Drog som drog. Hur vi skulle lirka in samtalet på vårt egentliga ärende fick omständigheterna avgöra. Jenny berättade att kvinnan i telefon hade låtit vänlig men bestämd.

Det var inte lätt att hitta. GPS fungerade inte. Kanske för att det var så ensligt eller att platsen inte lagts ut av sekretesskäl. Men vi hade fått en vägbeskrivning. Det fanns inga skyltar från den lite större skogsvägen. Anvisningen var femhundra meter efter röd lada; femtio meter efter man passerat en stor gran på vänster sida; håll utkik efter en jättestor sten som ser ut som ett ansikte; innan du ser den sväng in på knappt synlig skogsväg med grässträng i mitten. Sväng innan du ser den? Byt däck innan du får punktering?

Jag vet inte hur många röda lador och stora granar vi såg. Och stenarna mellan trädstammarna började efter en stund likna ansikten allihop. Ansikten som tittade på oss med misstänksamma, avoga blickar. Det var inte förrän vi såg den rätta stenen som vi förstod vad hon menat. Det var ett gammalt mossbelupet skogstroll som kikade fram bakom en stor gran. Stenen var säkert två meter hög. Sväng innan du ser den fick sin förklaring. Jag fick backa trettio meter.

En Range Rover hade inte varit dum tänkte jag när vi vaggade åt sidorna och skumpade upp och ner i hålorna. Fjädring och stötdämpare protesterade med pip och gnäll. Efter trehundra meter öppnade sig skogen och vi noterade en sandplan med tre barackliknande byggnader. När vi parkerade såg vi att gardiner drogs åt sidan och ansikten kikade fram. När vi klev ur tittade en kvinna på oss från det närmaste fönstret. När hon såg att vi tittade tillbaka drog hon sig undan. Men vi hade ändå sett att det var en mörkhårig dam med mörka ögon och fyllig mun. En av byggnaderna såg ut som säte för administration. Vi hade klätt oss propert men inte elegant.

Vänlig men bestämd var ingen bra beskrivning av kvinnan som ett ögonblick senare visade oss in till sitt kontor. Bestämd och korrekt men inte vänlig stämde bättre. Vänlig ingår kanske inte i konceptet när man handskas med missbrukare. Men därifrån till översittare är steget långt. Hennes mun var tunn som ett streck, pupillerna så små att man kunde misstänka att det var hon som var drogad. Det ljusa håret var ihopdraget till en knut i nacken och accentuerade hennes vassnästa profil. Rösten var så skarp att man kunde skära sig på den. Hon började med att spänna ögonen i oss. Först mig och sedan Jenny.

"Är detta din missbrukande vän?"

Syrligheten gick inte att ta miste på. Konstigt nog började jag inte stamma. Men jag måste naturligtvis börja med en tabbe.

"Nej, detta är Jenny, min syster. Hon känner Anna bättre så jag tyckte att hon skulle följa med. Vi har en annan bekant här på hemmet. Hon heter Susan. Vi skulle gärna vilja tala med henne."

Jag läste namnskylten på hennes vita rock och såg till min förskräckelse att hon också hette Anna. Det här började inte bra. Till min förvåning koncentrerade hon sig på min person. Söta Jenny brukar annars dra alla blickar till sig. Annas redan lilla mun snörptes ihop ytterligare.

"Vi har en strikt policy vad det gäller besök. Ingen får besöka klienterna under behandlingen. Vi vet aldrig om den som besöker är någon som gjort klienten illa. Bara personer som godkänts i förväg av klienten är välkomna."

Hennes ansikte var så helt utan uttryck att jag fick hejda en önskan att nypa henne i kinden för att se om hon var gjord av kött och blod. Hon bläddrade en stund i sina papper. Jag försökte med en vädjande attityd.

"Snälla Anna, vi har kört i två och en halv timme för att komma hit. Vi vill bara ställa några frågor om en vän till henne som dog för ett år sedan. Inget annat, du får gärna vara med."

"Jag tycker inte om att upprepa mig, *herr* Larsson. Får jag ställa en fråga?"

"Naturligtvis, fru Gustavsson."

"*Fröken* Gustavsson. Hur fick ni reda på att det här hemmet existerar och var det finns?"

Jag tvekade. Om det var så känsligt ville jag inte sätta Christine i klistret.

"Det var en bekant till Susan som informerade mig. Jag vet inte vad hon heter men hon är prostituerad och finns i Göteborg."

Det blev tyst en stund. Jag sökte Jennys stöd med en blick men hon såg likgiltig ut. Kvinnors konspiration, tänkte jag. Annas röst blev ännu vassare.

"Det låter märkligt. För de prostituerade är den här platsen helig. Det är bara här de kan känna sig säkra och känna att de får stöd. Dessutom betalar de en hel del pengar för vistelsen. Är den här stackars prostituerade kvinna någon ni har till vana att förgripa er på?"

Förgripa? Jag försökte tvinga fram ett leende men mungiporna vägrade lyda.

"Förlåt?"

"Ni vet att det finns en lag som rätteligen kriminaliserar män som utnyttjar försvarslösa kvinnor. Jag kan polisanmäla om det föreligger misstanke."

Jag lyckades hejda mitt leende som den här gången orsakades av den befängda diskussionen. Ett leende skulle nog uppfattas som en förgripande handling.

"Jag känner till lagen. Jag tror inte att det var lagstiftarens mening att varje konversation mellan man och kvinna skall uppfattas som en kriminell handling."

"Er ironi är mycket fyndig, herr Larsson. Om ni ursäktar så har jag mycket att göra."

Hennes sätt att säga 'herr Larsson' förde tankarna till Hasse Alfredssons sketch i tågkupén.

"Snälla fröken Gustavsson. Kan ni åtminstone fråga Susan om hon vill träffa mig."

Hon satte ögonen på mig igen. Den här gången påminde de om svetslågor.

"Bara genom att komma hit har ni äventyrat ett års hård rehabilitering för den stackars kvinnan. Susan vägrar att träffa någon utom sin dotter. I synnerhet exemplar av det motsatta könet." Hon flyttade blicken till Jenny. "Eller deras medbrottslingar."

Jag gjorde den mest hjälplösa gest jag någonsin producerat.

"Vi har inte äventyrat någonting. Susan känner oss inte och vet inte att vi är här."

"Alla våra klienter observerar med skräck varje okänd bil. Alla män som kommer hit kan vara någon som utnyttjat dem och kommer för att hämnas."

Jag tittade häpet in i de kalla ögonen.

"Hämnas?"

"Vi känner männen, herr Larsson. Det finns ingenting en man inte skulle göra för att skada en kvinna."

Jag kunde inte låta bli att le. Det här var nog den mest sanslösa konversation jag deltagit i.

"Vad heter Susans dotter?"

Hon snörpte munnen till sin egen version av förolämpning.

"Det har ni inte med att göra."

"Kan ni åtminstone berätta för Susan att jag varit här och sökt henne?"

"Naturligtvis inte. Adjö, herr Larsson."

Hon nickade nådigt till Jenny. Vi suckade, reste oss och lämnade rummet utan att tacka. När vi gick till bilen såg jag att det fladdrade till i flera fönster när gardiner föll på plats. Innan vi gick in i bilen gjorde jag en frågande gest mot Jenny.

"Vänlig?"

Jenny skakade på huvudet.

"Hon lät helt annorlunda i telefon. Kanske inte ens var hon. Jag kände inte igen rösten."

När vi rullade tillbaka på den kombinerade grus- och gräsvägen slog det mig att det kunde funnits ett syfte med Christines fråga om bilnummer. Hon kunde ha ringt och varnat Anna för

212

mig. Privatdeckare hör naturligtvis till sorten som triggar manshatande kvinnor. Men varför skulle Christine ha något att invända mot att vi pratar med Susan. Vi var ju på hennes sida. Eller hade jag missat någonting? Jag suckade när vi rullade ut på den lite större grusvägen. En hel dag till spillo.

"Vi gjorde i alla fall en människa glad."

Jenny sneglade misstänksamt på mig.

"Vem?"

"Anna, vår charmanta föreståndarinna. Det verkade som om hon inte fått utlopp för sitt manshat på länge. Trycket var nog på väg att spränga hennes huvud. Jag tyckte jag hörde hur det pyste i öronen."

Jennys leende var lika resignerat som mitt. När vi rullade hemåt slog det mig att jag aldrig ödslat så mycket tid för så lite. Det enda positiva var att vi fått veta att Susan hade en dotter.

Sådana tillfälligheter finns inte

Jag hade skickat en faktura till Christine. Det var ingen stor summa. Några hundra för omkostnader. Till min förvåning fick jag ett sms där jag kallades till Averander för genomgång av fakturan. Jag fattade ingenting. En enkel faktura att lägga in på internetbanken. Fyrahundra, allt redovisat med kvitton. Och varför Averander? Okej att han skötte dödsboet men detta hade inget med Bendow att göra. Och även om det numera var en officiell hemlighet att Christine var hans dotter fanns ingen anledning att sköta hennes vardagsbestyr. Jag misstänkte att han ville träffa mig av andra skäl.

Det var en fin sensommardag. Jag hade lämnat in min kavaj för kemtvätt och tog en annan som jag inte använt på flera år. När jag flyttade över plånbok och anteckningsbok hittade jag min gamla bandspelare i bröstfickan. Till min förvåning fungerade den. Jag bytte ändå batterier och lade tillbaka den i fickan. Det var den minsta sorten som funnits på den tiden och den hade alltid fungerat bra. Numera spelar man in med mobilen. Jag trampade makligt Vasagatan fram på den breda cykelbanan mellan körbanorna. Folk log vänligt och nickade när ögon möttes. Ett litet barn sprang ut framför mig och jag tvingades bromsa. Istället för att ge mamman en arg blick log jag och nickade med undermeningen att jag förstod att det var svårt att hålla ordning på livliga barn.

Precis som förra gången imponerades jag av den eleganta trappuppgången. Och precis som förra gången öppnades dörren till kontoret innan jag hunnit trycka på knappen. Det mjuka surrandet lät som 'var god stig in'. Sekreteraren var inte på plats. Jag hörde röster inifrån kontoret och tvekade. Men inte så länge. Jag blev nog mer lättad än överraskad när dörren öppnades av Christine. Men jag blev konfunderad när hon nickade in mot kontoret och gjorde en grimas samtidigt. Jag fick en känsla av att jag avbrutit ett väldigt personligt samtal. Hon hade röda fläckar på kinderna.

Advokaten hälsade avmätt och korrekt som väntat. Han såg inte irriterad ut. När jag slog mig ner i en av de engelska fåtöljerna såg jag att det låg en pinnstol på golvet. Ett stöd mellan benen hade lämnat sitt fäste. En klistertub låg bredvid. Han följde min blick.

"En av mina välbyggda klienter satte sig på den under förevändning att det är bättre för hans rygg att sitta på hårda stolar."

Jag nickade deltagande.

"Men inte bättre för stolen."

Han valde omsorgsfullt bland sina cigarrer innan han snoppade en med ett litet verktyg.

216

"Jag bad dig titta in för att diskutera fakturan du skickat Christine. Saken är den att allt som rör dödsboet sköts via min byrå."

Jag log blekt.

"Får jag påminna om att jag ibland måste be mina assistenter om hjälp och att de förväntar sig en viss ersättning."

"Naturligtvis, det är inte summan. Jag är väldigt nöjd med att Matts är ute ur bilden. Jag undrar förresten om det står riktigt rätt till i huvudet på den personen. Men det är en annan fråga." Han gjorde en paus och log på ett sätt som jag inte kunde tyda. "Jag vill gärna ha en annan rubrik av skatteskäl. Är det okej om vi ändrar till konsultation. Privatundersökning låter lite diffust när byråkraterna på skatteverket får syn på det."

"Självklart. Säg bara till hur det skall göras så skickar jag en ny faktura. Jag har liknande problem med skatteverket. Jag driver två firmor."

Jag tystnade när jag insåg att det skulle låta löjligt att prata om import av porslinstomtar i den sobra miljön. Han sköt över ett papper där ändringarna redan var gjorda. Jag stoppade det i innerfickan. Det blev tyst en stund. Min blick vandrade runt och hamnade på den trasiga stolen igen.

"Synd på en så fin stol. Men det är inte svårt att fixa."

"Jag har ett svagt minne från träslöjden hur det går till men detaljerna är borta."

Jag såg en chans att ställa in mig.

"Jag vet hur det går till. Jag behöver ett snöre och en träpinne av något slag." Min blick fastnade på en trälinjal på skrivbordet. "Den där blir bra."

En bit snöre letades fram och jag satte igång. Det var ganska varmt så jag tog av kavajen och lade den i stolen. Som alltid när jag tar av min kavaj kände jag efter att plånboken var på plats. När jag klämde kände jag något annat hårt. Den lilla bandspelaren.

Det tog inte lång stund att limma fast staget och spänna det med snöret. När jag höll på sade advokaten att nu kom han ihåg hur det gick till. Han tackade medan han puffade på sin cigarr. Jag hade fått klister på fingrarna och undrade om det gick bra att låna toaletten. Den fanns i sekreterarens rum. Averander pekade mot dörren.

"Och tack för hjälpen."

Jag undrade om den avslutande frasen betydde att jag inte behövdes mer och att besöket var över. 'Lätt som en plätt' var allt jag kom på att säga. Jag försökte läsa hans uttryck men kunde inte tyda det till något annat än att jag inte hade mer där att göra.

Det var svårare än jag trott att få bort klistret. Lite aceton hade varit till hjälp men någon sådan fanns inte i det lilla badrummet. Jag fick bort det mesta hjälpligt med papper och tvål och vatten. Fortfarande konfys gick jag nerför trapporna och ut på gatan.

Det var inte förrän jag cyklat en stund som det slog mig att jag glömt min kavaj. Det var så varmt att min tunna tröja räckte gott som ytterplagg. Jag vände och insåg att det var det konstiga avskedet som hade förvirrat mig. Jag brukar inte lämna min plånbok obevakad.

Både Averander och Christine såg generade, nästan arga ut när jag återvände för att hämta mitt plagg. Jag bjöds på en överraskning till när advokaten frågade om jag redan skulle gå. Tydligen hade de trott att jag varit i badrummet hela tiden. Jag svängde på mig kavajen. Nu ville jag verkligen ge mig iväg.

"Jag skall träffa en person om en stund."

När jag kom ut på gatan igen kollade jag plånboken. När det gäller finanser litar jag inte på någon. I synnerhet inte på människor med spelproblem. Någonting surrade svagt men en spårvagn körde förbi och dränkte ljudet.

Red Hot Stompers

Jag får erkänna att trumpetsolot inte var det bästa jag hört. Den avslutande tonen var alldeles för lång och skar sig mot slutet. Lite pinsamt när jag äntligen fått med Jens och Jenny till klubben där man lyssnar på tradjazz och tar en öl. Jag log ursäktande mot Jens. Han sade något som jag inte hörde genom applåderna. Jag bad honom upprepa när det lugnade sig.

"Jag sade *tack gode gud* och be mig inte förklara."

Jag vickade mitt tomma glas till stressade servitrisen Ingela.

"Du är inte van vid musik som gör dig glad. Vänta tills nästa band kör igång. Dom har varit med sedan sextiotalet."

Jenny gjorde också servitrisen uppmärksam på att hennes glas var tomt.

"Jag trodde att de som spelade sådan här musik hade varit med sedan trettiotalet. Artonhundratrettiotalet."

Jag fick en knuff när jag skulle svara. Om det funnits öl i mitt glas hade den skvätt över bordet och de närsittande. Jens fick också en knuff av personen som trängde sig in mellan honom och mig. Jag såg på magistern att en besk kommentar var på gång. Han ändrade sig när han såg vem som satte sig på stolen.

"Nej men hej, Glenn. Kul att se dig igen."

Den lille tjockisen sken upp när han kände igen oss. Servitrisen kom med en hel bricka full med skummande glas som hon placerade framför gästerna. Även framför vegetarianen Glenn. Han såg tveksam ut. Jag gissade att alkohol inte ingick i hans koncept.

Stämningen var hög och det var inte lätt att uppfatta alla ord. Jag var van och visste vilket röstläge jag skulle välja. Glenns tunna röst försvann i sorlet och vi fick anstränga oss för att höra vad han sade.

"Jag tycker om den här gamla musiken. Den är så glad."

Jag såg att sällskapet på andra sidan bordet log och kastade blickar på den lille skrikhalsen. Hans röst hade gått upp i falsett.

"Jag har massor av skivor."

Han räknade upp gamla band och musiker. Gäster tystnade och tittade roat på honom. Han märkte inte. Plötsligt uppstod en sådan där oförklarlig paus när alla tystnar samtidigt. Det skedde just när Glenn skrek av alla krafter att han tyckte särskilt bra om Acker Bilck. Han hördes nog ut till gatan. Alla skrattade och gjorde tummen upp. Han rodnade från nacken till hårfästet när han såg att blickarna vilade på hans runda ansikte. Jens lade armen runt hans axlar och höjde sitt glas.

"Får jag presentera Glenn. Han är Freddys kompis. Freddys kompis är allas kompis."

Jag var känd av nästan alla i lokalen. Sjuttio procent var stammisar som jag. Glas åkte i höjden för att salutera Glenn. Han såg både generad och glad ut. Det hörde nog inte till vanligheterna att han befann sig i centrum för uppmärksamhet.

Den lille tjockisen var inte tillräckligt intressant och man återgick till egna samtal kring det långa bordet. Jag ställde ifrån mig mitt glas.

"Meningarna går isär om den här sortens musik. Känner du kanske till."

"Jag vet. En del är för snobbiga för att erkänna att de tycker om den."

Jag lutade mig lite bakåt för att vara säker på att Jens inte missade ett ord.

"Du har en poäng där, Glenn, men vem bryr sig om torrbollarna och deras klassiska sömnpiller? Låt dem lyssna på Tristan och Isolde."

Ingela gick eller halvsprang förbi. Jag gjorde ett tecken att hon skulle sätta Glenns öl på min räkning. Han nickade tacksamt och lutade sig nära mitt öra för att slippa skrika. Det var tydligt att han verkligen hade något på hjärtat.

"Du kommer ihåg Matts, min chef? Vi pratade om honom på restaurangen."

"Visst. Vad är det med honom?"

"Han har uppfört sig konstigt på sista tiden. Kom inte till jobbet idag fast vi har mycket att göra. Ringde inte heller. Jag tror att det här med Bendow har satt sig på hjärnan."

Jag skulle just meddela att Bendow inte var hans far och att alltihop var en enda stor bluff när han lutade sig emot mig igen.

"Fast dna visade att Bendow inte är hans far. Jag tror att det har gjort honom alldeles knäpp."

"Knäpp?"

"Han pratar som om han inte vet vad han säger. Alldeles väck om du förstår vad jag menar. Du vet att hans mamma sitter på dårhus. Schizofreni. Undrar om det är ärftligt."

Jag kastade en blick på Jens för att se om han lyssnade. Han pratade med en person på andra sidan bordet.

"Vad säger han som är konstigt?"

"Han tror att alla har gaddat ihop sig och att de är ute efter hans pengar. Igår när vi drack kaffe satte han pekfingret mot munnen för att jag skulle vara tyst. Som om han lyssnade på något. Sedan frågade han om jag hade hört. Att jag var vittne om det kom till rättegång."

"Hört vad?"

"Ingenting. Det var helt tyst. Han sade att han skulle skjuta den jävla advokaten och horans förbannade dotter."

"Hade han hört dem prata?"

Glenn nickade bedrövat.

"Du får inte berätta för någon. Det var kusligt."

"Du kan lita på mig, Glenn. Jag är privatdeckare. Ingår i jobbet att bevara hemligheter."

Jag pillade fram ett visitkort. Han tittade imponerad. Han hade nog aldrig pratat med en privatdeckare förut. Jo, han hade pratat med mig men då visste han inte att jag är deckare. Jag bad honom berätta mer.

"Han är övertygad om att folk jagar honom och att han måste försvara sig. Han berättade att han skaffat en pistol. En automatisk."

"Var fick han tag i den?"

"Sade han inte men både han och jag kan fixa det mesta via våra datorer."

Han satt tyst en stund som om han samlade sig. Nästa ämne var inte trevligare.

"Jag tittade igenom hans dator för att se om han lämnat ett meddelande till mig. Det hade han inte men jag hittade något annat som var skrämmande. En e-post till någon som heter Averander. Den var så full av hotelser att om Averander går till polisen så nyper de Matts direkt. Inte vaga hotelser utan genomtänkta grejer."

"Är du säker på att han skickat det?"

"Just det låg och väntade bland utkast men ett annat där han varnade för kommande mejl hade gått iväg."

Jag förstod att Averander hade avsett det mejlet när han klassade Matts som psykfall. Glenn ställde tillbaka sitt glas efter en klunk.

"Och så fanns det sidor som han lagt ut på firmans webbsajt. Jag har inte sett dem förut. Där låg en sida om en Margaret Rolf, full av brottsregister och annat skumt. Men det var inte det värsta. Jag hittade en PDF-fil som han tydligen tänkt skicka till den här Averander. Där stod att han sett honom vid en stuga i skogen tillsammans med kvinnan. Om han inte satte in en summa pengar på ett angivet konto skulle han gå till polisen."

"Utpressning? Hur mycket begärde han?"

"Fem miljoner. Han kallade det sin del av arvet efter Bendow."

"Först mörda honom och sedan utpressning? Låter lite bakvänt."

"Jag sade ju att han är väck."

Jag bad honom ringa mig så fort Matts dök upp igen. Glenn bad mig igen att hålla tyst. Åtminstone inte nämna att han hade varit inne på Matts dator. Jag lovade och lyfte mitt glas när kvällens huvudattraktion äntrade scenen. Banjon hördes innan bandmedlemmarna syntes. Jag log och nickade mot Glenn. Vi lutade oss tillbaka för att njuta av öppningsnumret "Flatfoot Floodie".

Men jag hade svårt att koncentrera mig. Tankarna hängde kvar vid Matts hot att mörda Averander och Christine. Jag var tvungen att ta en pratstund med Robertson.

Kokt med mycket senap

I MIN DEFINITION av sympatisk människa ingår positiv inställning till bröd med korv och mos. Jag höll en i handen när jag ledde min cykel på gångbanan mellan Södra Vägen och Heden.

Det var med förvåning jag räknade in den här medlemmen. På en bänk satt kommissarie Robertson och smaskade på en likadan. Jag hade tänkt ringa under dagen och berätta vad Glenn sagt om Matts. Nu slapp jag det. Han gjorde en gest mot det lediga utrymmet på bänken.

När jag slog mig ner pep mobilen. Jag kände inte igen numret och tänkte stänga bort samtalet men ändrade mig. Det var Glenn som meddelade att Matts fortfarande var borta och att han inte hört av sig. Jag tröstade med att han nog snart skulle dyka upp och bad honom hålla kontakt. Jag började tugga på ena ändan av min korv medan jag kastade en blick på Robertsons portion som nästan var slut.

"Måste vara kokt, annars kan det kvitta. Grillat är vidbränt."

Han nickade och stoppade in den sista biten.

"Din gode vän Jens uppdykande på travbanan höll på att ställa till det för oss. Tur att det inte var du. Averander hade känt igen dig och antagligen lämnat stället. Han klantade till det ändå."

"Jens sade ingenting om att polisen var där. Han gick dit bara för att en kollega tjatade om ett tips som skulle ge god utdelning."

"Det ligger i vårt intresse att inte synas när vi är på spaning. Vår man följde med tre andra spelare in och låtsades vara i sällskap med dem. De skrattade åt din väns insatser."

"Jens berättade att det gick åt pipan två gånger. En gång för att loppet han skulle spela på redan hade startat och en gång för att Averander kom rusande och knuffade till honom."

"Men han spelade till slut ändå. På en dromedar, sade vår man."

"Han visste inte vad han till slut satsade på. Men dromedaren gav femtontusen."

Jag berättade om spelkvittots vandring från Jens plånbok, till skräpburken och slutligen till Jenny. Robertson höjde ögonbrynen men kommenterade inte. Jag åt en stund under tystnad. Plötsligt fick vi sällskap. Inger från sedlighetsroteln slog sig ner så nära att hennes ben nuddade mitt. Hon bar inte uniform.

"Hej, Freddy. Vad förskaffar oss den äran?"

Jag förklarade att det var en tillfällighet att jag var här men att jag faktiskt hade en rapport. Jag berättade om mötet med Glenn och vad han sagt om sin försvunne chef. Jag förklarade att det var han som ringt för en stund sedan och berättat att Matts fortfarande var borta. Jag sökte Ingers blick och berättade om det fruktlösa besöket på hemmet för missbrukande kvinnor. Hon tittade forskande på mig innan hon ställde samma fråga som föreståndaren Anna.

"Hur fick du reda på var det finns?"

Jag förklarade att Christine berättat och nämnde det egendomliga beteendet med bilnumret.

"Jag misstänker att hon kontaktade någon och varnade."

"Föreståndarinnan?"

"Kanske. Men jag såg även en smygtittande kvinna bakom en gardin."

"Hur såg hon ut?"

"Såg bara att hon var mörk. Susan som vi frågade efter är rödhårig. Yvigt rött hår berättade Christine."

Jag berättade om det ohövliga bemötandet och att ingen annan än Susans dotter hade tillstånd att besöka henne. Inger tittade länge på mig.

"Det är sant att Susan har yvigt rött hår. Men hon har ingen dotter."

Nu var det jag som tittade länge på henne. Informationen om Susans dotter var det enda av värde vi fått med oss.

"Jag hade tänkt försöka få tag i dottern via Christine."

"Ledsen. Någon försöker blåsa dig. Vi har sökt Susan i ett år. Även om hon klipper sig och färgar håret skulle jag känna igen henne. Jag har varit på det hemmet och letat. Hon finns inte där."

Jag skakade sakta på huvudet. Anna hade berättat om Susan och hennes dotter. Jenny kunde bekräfta. Kommissarien återgick till ämnet Matts som intresserade honom mer.

"Vad tror du om det här med Matts och mentala sjukdomar?"

"Jag såg på Glenn att han var riktigt skakad. Han tror att om Matts blir knäpp på allvar kan han bli farlig."

Robertson försjönk i tankar en stund innan han reste sig och borstade av händerna. Inger reste sig också. Jag hejdade dem.

"Vilken är Bendows dödsorsak enligt rättsläkaren?"

Robertson tittade misstänksamt som han alltid gör när någon byter ämne. Men tydligen tyckte han att jag gjort mig förtjänt av upplysningen.

"Hammarslag i bakhuvudet. Kraftigt slag med stor hammare. Omedelbar död."

Jag kom ihåg att Matts nämnt det på kaféet. Av någon anledning hade det fallit ur minnet. Kanske för att jag inte betraktat ärendet som min angelägenhet vid det tillfället.

Jag följde dem med blicken när de traskade iväg mot parkeringsplatsen, klev in i en mörk Volvo och rullade iväg. Robertsons promenad bestod i vandring till och från tjänstebilen.

Jag satt kvar en stund och funderade på samtalet. Som så ofta i det här fallet kände jag mig förflyttad till ruta ett. Om Susan inte fanns på hemmet, vilket intresse hade då Christine av platsen?

Och hade Anna ljugit mig rakt upp i ansiktet om Susans dotter? Jag kände att jag behövde diskutera saken med Jens och Jenny. Det var fredag och dags för träff på puben. Jag tyckte att det hade blivit tätt mellan fredagarna i min almanacka.

Minnesförlust

Jag är lika välkänd på puben som på jazzklubben. En nick räcker för att Jimmy skall komma traskande med min standardbeställning. En fyra skotsk med tre isbitar. Synd på både whiskyn och isen, brukar Jens säga. Fredag är också dagen då ensamme Einar letar offer vid bardiskarna. Jag är ofta det offret men det är sällan samtalet öppnas som det gjorde nu.

"Du är jävligt lik en skitstövel som jag skulle vilja ge en stor jävla nit rakt på nosen."

Jag tittade förfärad på figuren. Han var huvudet kortare än jag och såg ut som om han tillbringat det sista decenniet med att titta för djupt i glaset. Allting hängde i ansiktet, inte minst mungiporna. Innan jag hann svara kom nästa överraskning.

"Är du gift?"

Jag skakade på huvudet och ryckte på axlarna samtidigt. Hans glas var tomt och han vinkade till sig Jimmy.

"Kunde tro det. Du ser ut som om du inte är gift."

Snygg inledning på en konversation med en främling. Du skulle ha en smäll på käften och det syns på dig att du inte är gift. Jimmy såg inte glad ut när han ställde sig mittemot mannen. Einar vickade på glaset.

"Ge mig en till."

Jimmy är inte att leka med när han repar humör. Han hade hört oförskämdheterna.

"En öl eller en smäll på käften?"

Tonen fick den lille att titta upp men han såg mer förbannad än rädd ut. Jag gissade att han samlade sig till attack. Innan han hann säga något tog Jimmy glaset ur hans hand och nickade mot dörren. Barmannen var ungefär dubbelt så stor som ilskne Einar. När han började säga någonting avbröts han av Jimmys hotfulla stämma.

"Och visa dig inte här igen."

Men Lilleman satt kvar på sin stol och tjurade. Hade tydligen behov att markera någonting. *Ni ska inte tro att ni är något bara för att ni är större*. Det fick Jimmy att repa humör på allvar. Han kom runt disken som ett retat lejon. Jag reste mig för att visa att jag inte heller var road av den otrevlige personens fasoner. Anblicken av två högresta retade män fick honom att kasta sig av stolen och skynda mot utgången. Jag hade aldrig sett honom på puben förut. Jimmy är skotte och har ett fruktansvärt humör när det hettar till. Jag har upplevt det en gång när han slängde ut tre pojkar som bråkade med en tjej. Jag skakade på huvudet när jag satte mig på barstolen.

"Den sorten skall hålla sig till mjölk."

Jimmy ställde sig mittemot mig. Skärmytslingen var vardagsmat för honom.

"De går bara ut för att ställa till bråk." Han ställde min whisky på disken framför mig. "Är du inte rädd att du förstör isbitarna?"

"Du låter som magister Jens. Jag får ont i magen om jag dricker starkt utan is eller vatten."

Dörren öppnades och jag vände mig för att se om det var marodören som kom tillbaka. Det var en annan bekant. Jens nickade mot mitt glas när han klättrade upp på stolen.

"I Skottland finns det en lag som förbjuder misshandel av whisky. Är det inte så, Jimmy?"

"Självklart. Förstagångsförbrytare får böter men sedan blir det frihetsberövande." Han ställde en öl framför Jens och nickade mot mig. "Jag ger kurser i hur man umgås med whisky. Om du har lust så finns det plats. Söndagar klockan sju."

Ett gäng i trettioårsåldern äntrade lokalen under högljutt skrattande. Jimmy skyndade sig att ta beställningar. Jens smuttade på sitt öl medan jag drog dagens rapport från parkbänken. Alla detaljer inklusive en kokt med mycket senap. Han tittade fundersamt rakt fram.

"Låter som om det andra testamentet måste fram innan Averander har spenderat miljonerna."

Jag berättade att jag hade bokat tid med mäklaren och att Jenny skulle följa med. Han såg fortfarande betänksam ut när jag redogjorde för vår taktik.

"Jag följer också med. Kan behövas någon som verkar trovärdig som köpare. När skall du träffa mäklaren?"

"Den trettonde klockan två. I morgon."

Han sökte stöd med blicken mot taket.

"Den trettonde är idag – fredag den trettonde – och klockan är halv fyra."

Han lade till en hotfull ton när han sade fredag den trettonde. Jag klickade fram rätt tid och datum på mobilen.

"Jäklar. Jag måste ringa Jenny och säga att det är inställt."

En person klängde upp på stolen bredvid. Jag kastade en blick. Jenny med glöd i blicken.

"Då får du skynda dig. Och tänk på att hon kan vara förtörnad."

Förtörnad är ett ord hon använder som omskrivning när hon är på stridshumör. Jag stammade fram min ursäkt. Det lät svagt att skylla på stress men det var det enda jag kunde komma på. Hon lade en liten mapp på bardisken och tittade efter Jimmy. Han var upptagen med det skrattande gängets beställningar. Då gjorde hon gesten jag inte tycker om. Framsträckt hand med tummen gnidande mot pekfingret. Hon förtydligade genom att klappa den lilla mappen. Jag noterade hudfärgade bomullsvantar och skakade huvudet.

"Vad har du tänkt ut nu? Jag har inga pengar."

Då nickade hon mot dörren som Jimmy gjort nyss mot den lille elake. Men hennes budskap var ett annat. Det finns en bankomat inte långt från puben. Jag suckade och plockade fram plånboken. Det finns ett lönnfack jag kallar *oförutsett*. Fast Jennys påhitt borde inte vara oförutsedda.

När jag bläddrat fram tretusen nickade hon. Av de tiotusen jag fått av Matts för omkostnader hade hälften redan hamnat i hennes plånbok. Femtusen hade Jens tvingats bidra med av sin totovinst. Men det var aldrig tal om att hon skulle betala drinkar eller restaurangnotor.

Jimmy fick syn på henne och slet sig från glada gänget. En färdigblandad White Lady stod i kylskåpet. Han känner sina stammisar både vad gäller smak och tider. Hon nickade vänligt och sade att den skulle sättas upp på min räkning. Jag nickade också men inte vänligt. Jimmy återvände till sina muntergökar.

Andra akten i Jennys pantomim började med att hon öppnade mappen och drog ut ett dokument så mycket att vi kunde se att pappret var gultonat. En liten bit till och vi kunde se rubriken Testamente. Lite till och vi läste Sven Bendow. Jag gjorde en hjälplös gest. Hon hade gått ensam till husvisningen och utfört uppdraget. Hela papperet drogs fram. Vi visste genom kopian att all kvarlåtenskap gick till Margaret Rolf utom andelarna i begravningsrörelsen. Jag försökte en invändning.

"Det kallas för tillgrepp av viktig handling i polisutredning."

Det skulle jag inte sagt. Hon släppte ut tokskrattet. De andra glada människorna tittade på henne och eftersom de var på gott humör började de också skratta. Jens föll in. Jag var den ende som inte deltog i munterheten. Jimmy tittade åt vårt håll och log. När skrattsalvorna dött ut fick vi veta att mäklaren varit trevlig men väldigt stressad. Jenny var enda spekulant just då. Mäklaren hade ursäktat sig och lämnat henne ensam i femton minuter. Jag gjorde min hjälplösa gest.

"Han lämnade dig ensam i ett obevakat hus?"

"Hon. Kvinnor litar på kvinnor. Hon visste inget om polisutredning. Hennes uppdrag är att sälja objektet. Mäklare säljer inte hus, de säljer objekt. Testamentet låg i en byrålåda i andra våningen. Första stället jag tittade på. Mappen hade jag med för att se seriös ut."

Jens nickade mot papperet som fortfarande stack ut ur mappen.

"Om hon känt till det papperet skulle hon insett att hon arbetar åt fel person."

Jenny smakade på sin drink.

"Det är det hon skall få reda på. Via polisen."

"Hur skall du förklara för Robertsson att originalet finns i din ägo?"

Leendet antydde ränksmideri. Jag började förstå bomullshandskarna. Inga fingeravtryck. Hon sköt in papperet och stängde mappen.

"Farbror Freddy tänker nog ut något."

Kommentaren inspirerade Jens som sammanfattade mitt möte med Robertson och Inger på ett sätt som om han berättade en rolig historia. Kryddan var den samma, en kokt med mycket senap. Jenny såg förnärmad ut.

"Medan jag arbetar med fallet och utsätter mig för risker sitter du och smaskar korv med Robertson."

Jag mumlade min ursäkt igen och medgav att hon gjort sig förtjänt av pengarna.

"Varför skall just jag lämna testamentet till Robertson? Vilken ursäkt skall jag presentera?"

Jens hjälper gärna till att sätta mig i klistret.

"Säg att Christine glömde det hos dig efter en kärleksnatt."

Det slog mig att Christine faktiskt hade gett mig i uppdrag att skaffa fram originalet för att hon skulle förstöra det. Jag mindes inte hur orden fallit men 'förstöra testamentet' ringde i bakhuvudet. Jens viftade bort mina ursäkter.

"Om hon vill ha tillbaka det får hon kräva det av Robertson. Ring honom nu. Om du dröjer och huset säljs kommer han att anklaga dig för att vara medskyldig till Averanders förskingring."

Jag slog direktnumret till Robertsons mobil. Han svarade genast, lyssnade en stund och sade att han skulle titta in om tio minuter. Det lät så angeläget att jag fick en känsla av att blåljusen skulle komma till användning. Jens hade kanske rätt. Det här var viktigt.

Men jag förstod inte varför. Testamentet borde vara en sak mellan Christine och advokaten. Jag trodde att bestrida ett testamente innebar en lång, seg procedur. Kanske berodde brådskan på huvudfallet, mordet på Bendow. Vi visste att han dött av ett slag i huvudet. Robertson hade betonat att det handlade om en stor hammare; inte bara nämnt det i förbigående. Jenny föreslog att det måste varit en man som drämt till. Kraftigt slag och stort verktyg tydde på man. Jens protesterade. Om man vill slå en hammare i huvudet på någon så letar man inte efter stor eller liten, man tar första bästa. Och så stark behöver man inte vara. Hammarens tyngd gör sitt och en normalstark kvinna orkar lätt banka sönder ett skallben. Dessutom är man full av adrenalin när man utför ett sådant dåd.

Vi tog också upp det märkliga påpekandet om kastrering. Innan vi hittat logiken i en sådan grym handling öppnades dörren av Robertson som gick direkt fram till mig. Vi studerade skiftningarna i hans uttryck när han läste igenom dokumentet. Han nickade bistert och stoppade ner det i en egen liten mapp.

"Glömde efter kärleksnatt?"

Ett snett leende avslutade minspelen. Jag svarade inte. Idén att blanda in kärleksnatt var korkad. Fast det tyckte inte Jens. Han kämpade för att hålla tillbaka nästa skrattsalva. Robertson tackade och gick snabbt mot utgången. Det muntra sällskapet hade dämpat sig och kastat förstulna blickar på den store kommissarien. Även om de inte vet vem han är hamnar tankarna alltid på lagens väktare. Auktoriteten står som en sky kring honom.

Vi satt tysta och funderade. Utan att säga något tog vi tysthetslöfte vad gällde testamenten och fyndplatser. Skålande och nickar bekräftade. Jag bestämde att ha ett samtal med Christine. I morgon passade bra.

240

Ibland händer allt samtidigt

Slutet av september är en bra tid för promenad i Slottsskogen. Varmt men inte för varmt. Jag hade sagt till Christine att jag skulle sitta på en bänk vid Plikta lekplats. Konstigt namn men den heter så. Har den gjort sedan 1874 står det på en skylt. Jag vet att det är populärt att gå dit med barnen men att det skulle vara så mycket tjo och tjim var överraskande. Jag tittade road på de lekande barnen. En hand placerades på bänkens ryggstöd men det var så mycket folk i rörelse att jag inte vände mig om förrän en röst sade att det skulle vara trevligt att ha barn. Christine log leendet som förändrade hennes ansikte från intetsägande till charmigt.

"Gäller bara att hitta en lämplig far."

När jag hör sådant tolkar jag det alltid som att jag är inblandad i funderingarna. Hon gick runt bänken och satte sig. Sportig mundering passade henne bättre än strikta kontorskläder. Rosiga kinder tydde på att hon gått raskt.

"Skulle du vilja ha barn, Freddy?"

Om jag hade varit normal hade jag bara svarat ja eller nej. Men som jag sade tyder jag sådana frågor som personliga eller försåtliga. Om hon hade sagt *skulle du vilja ha barn med mig, Freddy* hade det inte varit mer generande. Bara en variant på temat. Just som jag tänkt ut ett krampaktigt svar kom en färgglad boll rullande. Jag tog upp den. En söt liten flicka kom springande och fnittrade förtjust när jag kastade en liten lyra till henne. Jag sneglade på Christine som log som kvinnor ler när de ser små charmiga barn. Jag blev ännu mer tafatt när det lilla trollet stannade och tittade på mig.

"Kommer du ihåg mig?"

Jag svalde frågan jag hade tänkt ut. *Vad heter du* skulle låta konstigt efter hennes fråga. Men jag behövde inte ställa den.

"Kajsa. Kommer du ihåg nu?"

Nu kom jag ihåg. Kajsa var en liten tjej som Jenny tagit på sig att passa när hennes mamma var hos doktorn. Men naturligtvis hade hon rört ihop sin agenda och lämnat Kajsa hos mig. Jag mindes inte att hon var så söt. Men vår bekantskap hade bara varat två timmar. Hon tog sin boll och sprang tillbaka. Jag såg att hon stannade och sade någonting till en kvinna som troligen var mamman. Hade jag också träffat. I två minuter när hon hämtade sin dotter. Hon vinkade när Kajsa pekade åt mitt håll. Christine gav mig ett förälskat leende. Men inte förälskad i mig.

"En sådan liten tös vore rena drömmen. Vem är hon?"

Jag förklarade och betonade att jag inte träffat dem varken förr eller senare. Vi reste oss och traskade iväg på en gångbana.

"Robertson har originalet till det andra testamentet. Det hittades i Bendows hus. Han visste att det fanns. Delägarna i firman kände till det."

Hon svarade inte men jag såg en skugga dra över hennes ansikte. Jag förstod inte varför. Nu var pengarna hennes utan Averanders inblandning. Hon borde vara glad. Det var någonting som inte stämde men jag hade utfört mitt uppdrag. Nästa ämne var lika angeläget. Jag berättade vad Glenn sagt om Matts och hans hotelser och att han var försvunnen. Hon såg rädd ut.

"Om han är beväpnad kan han ta sig till vad som helst. Han är ingen vanlig knäppskalle. Han är intelligent."

Jag nickade men tyckte inte att det fanns något att tillägga. Matts var antagligen lika farlig för sig själv. Problemet var att Christine var hans hatobjekt och måltavla. Jag kände ansvar för henne.

"Du kanske skulle flytta in hos någon väninna eller Averander tills polisen har fått tag i honom."

När jag sagt det slog det mig att polisen inte hade någon anledning att leta efter Matts. Han var inte formellt anmäld som försvunnen och det var inte olagligt att vara knäppskalle. Robertson hade visserligen sagt att han inte fick lämna Göteborg och att de skulle hålla ett öga på honom men det hade jag uppfattat ungefär som förmaning från magister till skolpojke.

Hon ryckte på axlarna. Kom inget svar den här gången heller. Hennes avoga attityd gjorde att jag tvekade att berätta om mitt besök på hemmet. Just när jag funderade på ett sätt att nämna det i förbigående satte hon ögonen på mig.

"Vad sade Anna? Fick du svar på dina frågor?"

Jag förklarade att besöket bara hade kostat tid och möda. Hennes sätt att uttala Annas namn fick mig att skärpa mina sinnen. Som om hon pratade om en gammal bekant. Jag hade blivit tillrättavisad när jag sade Anna till Anna. Fröken Gustavsson hade jag fått lära mig. Jag försökte en trevare.

"Hon påstod att bilnumret inte stämde med beskrivningen av bilen."

Den naturliga motfrågan borde varit *vilken beskrivning*. Anna hade inte nämnt varken beskrivning eller bilnummer. En grimas drog snabbt över hennes ansikte. Jag uppfattade den som en bekräftelse på att det var hon som ringt och varnat. Kanske ingen jätteduktig slutsats med tanke på att ingen annan visste att jag skulle åka dit.

"Susans dotter verkar inte vara förtjust i att hennes mor får besök."

Den här gången reagerade hon med häftigt andetag och uppspärrade ögon, men samlade sig när hon kände min blick. Leendet och gesten som skulle mildra effekten förstärkte upprördheten. Vad hade jag sagt den här gången? Det hade inte ens varit en trevare, bara en likgiltig kommentar. Hennes snabba byte av ämne gjorde mig ännu mer konfunderad.

"Vet du att Averander friade till mamma när hon blev gravid med mig? Hon tackade nej med motiveringen att hon var för ung. Hon hade mycket kvar att göra innan det var dags."

Jag mumlade att det hade hon haft rätt i. Undermeningen att *mycket att göra* bestod i prostitution och drogmissbruk hängde i luften en stund. Men hon hade uppnått sitt mål; avleda min uppmärksamhet. Jag undrade om ämnet Susan eller Susans dotter var tabubelagt. Kanske båda.

Det var mycket som inte stämde. Susan hade ingen dotter. Christine måste känna till det. Ändå hade hon inte förnekat förekomsten av en dotter när jag slängde ur mig påståendet. Vi slog in på vägen upp mot observatoriet.

Plötsligt tittade hon på mig som om hon sökte stöd. När jag sneglade tillbaka vände hon blicken från mig och tittade rakt fram.

"Det nya testamentet är inte till min fördel."

Jag fortsatte att titta på hennes profil och upprepade att det nya testamentet gjorde att hon slapp Averander som förvaltare. Kunde göra vad hon ville med pengarna. Betala min räkning till exempel. Ja, det sista sade jag inte men det for igenom mitt huvud. Hon stannade och tittade på mig.

"Mamma ärver ingenting. Det var hon som dödade Bendow."

Pausen som följde tycktes vibrera. Jag traskade bredvid henne som en hund men sade inget eftersom hennes ton antydde fortsättning.

"Hon och Susan körde kroppen till tjärnen."

245

Jag väntade på detaljer. Till exempel vilken bil de använt; hur de osedda kunnat bära kroppen från lägenheten till bilen. Men hon förblev tyst. Den kortfattade informationen ställde allting på huvudet igen. Jag visste inte för vilken gång i ordningen. Vi traskade uppför den brantaste delen av backen och jag väntade tills vägen planade ut för att inte låta andfådd.

"Berättade hon det för dig?"

Plötsligt såg hon inte lika kavat ut. Svaret i form av en nick gav ett tveksamt intryck. Jag försökte se neutral ut.

"Kan du upprepa det i polisförhör?"

Ny tveksam nick.

"Låter som om vi får börja om från början."

"Jag är ledsen, Freddy men jag vet inte vad jag skall ta mig till. Jag kan inte gå till Averander. Jag vill inte gå till polisen. Jag kan inte vända mig till någon annan än dig."

Vi gick tysta en stund. Härifrån bar det neråt vilken väg vi än valde. Jag hämtade andan.

"Jag tror det här är på väg att bli väldigt komplicerat, nytt testamente eller inte. Även om du säger att din mor mördade Bendow måste det bevisas."

"Om polisen inte tror att mamma mördade honom kan testamentet vara till min nackdel. Om jag kände till det vid tiden för Bendows död kan polisen få för sig att jag hade ett motiv. *Allt går till mamma och efter hennes död går allt till mig.*"

Jag gjorde en hjälplös gest.

"Det låter långsökt. Var bodde hon vid tiden för mordet?"

"Hon hade en lägenhet där du bor. Samma hus men andra sidan."

Jag undrade varför jag inte hade sett henne. Man rör sig mycket på trottoarerna i den trakten. Hon läste mina tankar.

"Hennes dygnsrytm var nog lite annorlunda än din. Och det är ett stort hus. Som ett helt kvarter."

Det var sant. Förr byggde man kring en innergård. Bor du i ena hörnet av huset ser du nästan aldrig de som bor diagonalt över gården. Åtminstone inte i stressiga nutiden. Jag är bara nere på gården när jag ställer skräp i soprummet eller piskar mattor. Det kändes otäckt att ett mord begåtts i huset där jag bor. Och konstigt att jag inte hört talas om det. Kanske för att det hade skett nattetid och gått väldigt diskret till. Hyresgästerna kände fortfarande inte till det. Vi gick en lång stund utan att säga någonting. Christine suckade djupt.

"Jag vet inte vad jag skall göra, Freddy."

"Du kan välja att inte göra något alls. Om du inte berättar att Margaret mördade Bendow finns det ingen anledning att misstänka din inblandning."

Förslaget tycktes inte lugna henne. Det var som att välja mellan pest och kolera.

"Kanske det. Jag ligger lågt tills vidare."

Vi hade tidigare funderat på om det första testamentet fungerade som mordmotiv för Averander. Nu gällde funderingen om det andra testamentet var mordmotiv för Christine. Vi hade gått en stund i nerförsbackar och närmade oss Masthugget från ovansidan vilket innebär att man först kommer till de gamla trähusen. Jag kände mig fräsch och trampade på bra. Vi steg åt sidan för att släppa förbi ett par joggare. Jag tittade efter dem och tyckte jag kände igen Jens och Jenny. De springer tillsammans ibland. De vände sig inte och jag gissade att jag sett fel eller att de inte känt igen mig. Jag ser påfallande alldaglig ut i min säckiga kavaj. Alla plagg ser säckiga ut efter ett par timmar på min kropp. Plötsligt märkte jag att jag gick ensam. Jag stannade och vände mig om. Christine stod tio meter längre upp utanför en port. Jag gick tillbaka.

"Varför stannar du här?"

"Jag bor här. Har du lust att följa med upp och ta en kopp kaffe."

Jag nickade och kastade en blick neråt gatan. Joggarna hade stannat och tittade åt vårt håll. Jag kunde fortfarande inte avgöra om det var Jens och Jenny. Folk ser så uniforma ut i träningsoveraller med pannband eller mössa och Christine väntade otåligt i portöppningen. Minnet av hennes nakenshow trängde bort alla andra bilder. Kanske hade hon något liknande i tankarna. Fast nu skulle vi vara ensamma.

Hon pillade en stund med nyckeln till lägenhetsdörren. Det var sjutillhållarlås av samma sort som jag hade.

"Konstigt. Jag låser alltid två gånger när jag går ut en längre stund." Hon pekade mot övre dörrkarmen. "Kan du känna efter om det ligger en nyckel där uppe."

När jag fingrade efter nyckeln tänkte jag *inbjudan till inbrott* att ha en nyckel där. Men det fanns ingen nyckel. Hon anade min tankegång.

"En väninna brukar titta in för att ta ett bad. Hon har bara dusch i sin lägenhet. Men hon lägger alltid tillbaka nyckeln."

Fortfarande inbjudan till skumma figurer, tänkte jag när hon öppnade dörren. Väninnan var kanske där just nu och badade. Bilden av två nakna tjejer dansade en stund på näthinnan.

Lägenheten var liten och sparsamt möblerad. Skulle nog bli ändring när arvepengarna ramlade in på kontot. Hon bjöd mig att sitta i en liten tvåsitssoffa medan hon försvann ut i köket för att sätta på kaffe. Hon nynnade en glad melodi.

Nynnandet avslutades tvärt när hon kom ut i köket. Jag skärpte mina sinnen när jag hörde flämtningar. Min första tanke var att väninnan var där utan en tråd på kroppen men frånvaron av lättat skratt trängde undan den fantasin. Jag reste mig för att gå ut och se vad som pågick och om hon behövde hjälp. En meter från tröskeln till köket tvärstannade jag och stirrade på en alltför välkänd person med en vansinnig glimt i de bleka ögonen. Han höll ett föremål i handen. Glenns information att chefen hade skaffat vapen bekräftades. Nördige Matts med en laddad pistol hade vägrat etablera sig i mitt huvud. Den bilden etsades just nu fast för alltid. Han knuffade Christine tillbaka in i vardagsrummet med sådan kraft att hon snubblade på mattkanten och föll i mina armar. Pistolen hade ljuddämpare. Den sjukligt vilda blicken gav intryck av att han inte var mentalt närvarande. Min förvirrade gissning blev att han till slut hade äntrat en annan tillvaro och att sjukdomen som väntat sedan födseln hade slagit till. Det lilla jag hört om schizofreni var att en pressad situation kunde trigga igång eländet. Den svettige, inställsamme nörden hade förvandlats till livsfarlig vettvilling utan kontroll över sina handlingar. Hans röst var oigenkännlig och minst en halv oktav lägre än normalt.

"Det var väldigt dumt att ta med Larsson. Väldigt, väldigt dumt."

Jag förvånade mig själv genom att inte bara spela lugn; jag kände mig helt lugn. Kanske det undermedvetna hjälpte till; enda sättet att komma ur det här var genom avslappnat beteende. Psykiskt sjuka människor får inte bli upprörda hade jag också hört. Har de en pistol så gör som de säger, löd mitt eget tillägg. Jag undrade vilket namn han reagerade på.

"Lägg undan den där, Leopold. Vi kan lösa det här på ett smidigt sätt."

"Tala inte om för mig hur det här skall lösas. Jag bestämmer. Och namnet är Per."

Jag blev medveten om att jag höll Christine framför mig som en sköld och sköt henne försiktigt åt sidan.

"Vad vill du, Per?"

"Jag vill inte dig någonting men eftersom du lägger dig i är jag tvungen att skjuta dig också."

Jag sneglade på Christine. Hon såg skräckslagen ut. Kanske påmindes hon om situationer där hennes mor eller Susan hade spårat ur under inflytande av narkotika. Hennes röst darrade.

"Snälla Per, du kan få hur mycket pengar du vill. Låt mig bara prata med Averander."

"Du skall få prata med lagvrängaren och medan ni pratar kommer ni att betrakta ett finger som jag knipsat av din söta lilla hand. Om inte jag får pengarna efter min far skall ingen annan ha dem heller. Averander är nästa namn på listan"

Christine såg ut som om hon skulle kräkas. Jag kände mig inte heller väl till mods och erinrade mig Robertssons prat om snöpning. Matts verkade fullt kapabel att utföra vansinnesdåd. Plötsligt ändrade han uttryck från sanslös till imbecill. Han tog några steg mot oss och placerade sin flackande blick på mitt ansikte.

"Du kom hit för att pippa henne?" Han började andas tungt. "Gör det då."

Han gick nickade mot Christine.

"Klä av dig. Ditt fnask."

Jag undrade hur avslappnad jag skulle vara. Alltför lugn kunde uppfattas som stöddig. Var det bra eller dåligt? Bra om han tappade koncentrationen; dåligt om han tappade resterna av sin bräckliga självkontroll och pressade avtryckaren. Anblicken av Christines nakna kropp kunde göra honom så distraherad att det fanns utrymme för motoffensiv. Det slog mig att på ett sätt spelade han och jag i samma division. Ingen av oss hade presterat på riktigt med en kvinna. Några misslyckade försök dansade igenom huvudet. Nära några gånger men aldrig riktigt där. Jag nästan log när det slog mig att jag kanske skulle göra min debut under pistolhot. Det slog mig också att detta var en kamp mellan två av människans starkaste drifter; självbevarelse och fortplantning. Matts tog ytterligare ett steg närmare. Nu var han så nära att en blixtsnabb aktion skulle kunna lyckas. Men det vore bättre om lystnaden gjorde honom ännu dimmigare. Jag nickade åt Christine.

"Gör som han säger. Han är farlig."

Kommentaren drog Matts läppar till ett groteskt grin. Jag hade aldrig sett honom le förut. Hans tänder var illa skötta.

"Du har fattat galoppen, Larsson. Jag är farlig. Jag är ingen nörd man skrattar åt. Jag är särskilt farlig när folk tror att jag är dum." Han viftade till med pistolen. "Ta av dina kläder också."

Christine hade fattat. Hetsa upp honom var signalen. Hon klädde av sig som en strippa, långsamt och utmanande. De sportiga kläderna var inte åtsittande så hon behövde inte åla sig ur dem. Lite synd tyckte jag eftersom ålande rörelser kan uppfattas som sexiga. Hon hade ingen behå under den löst sittande tröjan. Hon drog sakta ner trosorna och tvingades till den ålande rörelsen jag efterlyst. Hon var nog lika stolt över sin buskiga trekant som en man yvs över en stor penis. Hon tycktes också medveten om att bästa vinkeln var från sidan. De runda låren och den platta magen framhävde hennes kvinnlighet. Jag noterade att hon sneglade försiktigt på Matts. Hans blick var inte oväntat fastnaglad vid pälsen mellan hennes ben. Jag tog ett strategiskt steg åt sidan när jag drog av jeansen. Fastän jag var kommenderad till sexuell aktivitet tänkte jag inte på den sortens övningar. Överleva var det som gällde. Antagandet att Matts skulle glömma sitt ärende bekräftades när Christine vände framsidan mot honom. Hon insåg precis som jag att detta var ögonblicket vi väntat på. Plötsligt pekade pistolen inte åt något särskilt håll. Hon ställde sig bredbent och pumpade sakta och upphetsande med höfterna. Jag såg att Matts ögon höll på att poppa ut.

Mitt karateslag över hans handled var så snabbt och träffade så exakt att jag blev förvånad själv. Jag vet att jag är stark och snabb men inte att jag kan vara så explosiv. Matts fattade inte vad som hänt förrän han hörde metall dunsa tungt i golvet. Under en bråkdel av en sekund såg han ut som samme gamle Matts, färdig att börja gnida händerna. Jag trodde att han skulle kasta sig mot pistolen och för att förekomma dök jag som en tiger mot den. Christine var inte beredd på aktionen och hann inte åt sidan när jag kom farande utan ramlade över mig. När jag rullade över på rygg för att rikta pistolen mot Matts hamnade hon grensle över mig. Hon lutade sig bakåt för att komma ur skottvinkeln.

Jag behövde inte använda vapnet. När Matts insåg att racet var över satte han fart mot hallen och ryckte som besatt i dörren innan han fick upp den. Vi lyssnade till rusande steg nerför trappan och hörde en ilsken röst be honom ta det lugnt. Jag kände vagt igen rösten men samtidigt blev jag medveten om att en naken kvinna satt grensle över mig och gned sitt håriga kön mot mina kalsonger som jag inte hunnit få av mig. Någonting växte och hårdnade innanför tyget. Den kroppsdelen levde sitt eget liv trots den konstiga situationen. Jag lade huvudet på mattan och slöt ögonen. Vi hörde inte att någon kom in i hallen. Matts hade lämnat dörren öppen och det var bara att traska in. Jag hade fortfarande pistolen i handen som vilade på mattan. Äntligen skulle jag få uppleva det som alla män drömmer om. Jag kände Christines hand gräva innanför mina kalsonger och greppa tag om organet.

Där tog det slut. Upphetsningen ersattes av en våt filt över axlarna när vi blev medvetna om att vi hade åskådare. Jag såg dem först. Christine hade ryggen mot hallen. Min diffusa känsla av att joggarna jag skymtat på trottoaren var bekanta bekräftades. Greppet om min manlighet släppte och handen drogs tillbaka som om den blivit brännskadad.

Jenny fick hålla handen för munnen för att inte släppa ut tokskrattet. Jens såg också oförskämt munter ut. Jag var fortfarande glad att ha kommit undan med livet i behåll och funderade inte på hur situationen uppfattades av de två betraktarna. Den första kommentaren blev förstås Jennys.

"Det har jag länge misstänkt. Att du bara kan få till det med tjejerna under pistolhot."

Jag ignorerade fnittrandet som följde och lät pistolen glida ur handen. Christine såg också gladare ut än situationen krävde men det var nog mer lättnad än glädje. Hon hade kanske fruktat att det var Matts som kommit tillbaka. Och det kändes tryggt efter rysaren att ha sina vänner i närheten. Skrattet kunde jag stå ut med.

Alla hade sett Christine naken så inga blickar följde henne när hon reste sig och tog på kläderna. Jag hade som sagt inte hunnit få av mig kalsongerna men bulan innanför tyget irriterade. Jag svängde på mig skjortan och klev i byxorna.

Christine hämtade en flaska vin medan vi slog oss ner kring soffbordet. När jag berättade historien lät den så otrolig att jag inte hade trott på den om någon annan dragit den. Jens reste sig för att hämta pistolen. Jag gjorde en avvärjande gest.

"Det är bara Matts och jag som har rört den!"

Christine hämtade en plastpåse och medan hon dukade bordet lade jag pistolen i plastpåsen och knöt hårt. Nästa station för vapnet var Robertsons kontor. Jens fyllde glasen till brädden. Det spelar ingen roll var vi befinner oss; när det skall fyllas vin tar han kommandot.

Numret till kommissarien var inprogrammerat på min gamla knappmobil. Den sträva tonen indikerade att han såg på sin mobil att det jag som ringde. Jag drog en kortversion av händelseförloppet och lovade att droppa in så snart jag kunde med vapnet. I bakgrunden hörde jag honom ge order på snabbtelefonen. När jag skulle stänga av stötte jag mot vinglaset och lyckades spilla på både byxor och skjorta. Mitt "fan också" drog läppar till nya leenden. Debaclet innebar att jag inte kunde bege mig direkt till polishuset. Jens och Jenny erbjöd sig att sköta det ärendet. Vi drack vin, diskuterade Matts och undrade vad han kunde tänkas hitta på härnäst. Inte minst undrade vi var han befann sig. Om han var hemma skulle polisen knacka på om några minuter. Men han var nog för smart eller försiktig för det. Konstigt nog var inte sjukdomen i fokus för våra spekulationer. Vi pratade om nörden Matts som gett mig uppdraget att fria honom från mordmisstankar. Som om schizofreni var något man drabbades av som hjärtklappning eller magknip. Den föreställningen skulle komma att ändras.

Jag erbjöd Christine att sova över hos mig, hon i sovrummet och jag i soffan som när Jenny vill stanna över natten. Men hon sade att hon måste prata med Averander och varna honom för dåren så länge han var på fri fot.

NÄR JAG SVÄNGDE på mig kavajen för att försöka dölja fläcken på skjortan kände jag för minst tionde gången att bandspelaren låg kvar i bröstfickan. Måste komma ihåg att lägga den ifrån mig. Jens och Jenny vinkade till sig en taxi när vi kom ner till den större gatan som går igenom bergiga Masthugget. Fjällgatan heter den. Kanske pompöst för en göteborgsgata men så mycket närmare fjäll än Masthugget kommer man inte i den här staden. Kanske menade man fiskfjäll när man döpte den. Jag försökte göra mig osynlig när jag gick ner mot Linnégatan för att snedda mot Skanstorget på mindre gator. Utanför en affär satt en liten flicka och sålde någonting. Hon såg fruktansvärt övergiven ut i sitt lilla stånd som såg ut att vara byggt av henne själv. Det gick inte att smita förbi henne. Hade hon suttit tillsammans med andra små barn som också sålt saker hade det gått att traska förbi och låtsas att jag inte såg henne. Men hon satt ensam på en sträcka av femtio meter. Jag kände mig både korkad och snäll när jag köpte några godisbitar inslagna i papper. Jag kände hennes blickar på mina fläckiga byxor och förklarade att en klumpig person hade spillt jordgubbssaft. Det var inte långt hem och den sista biten såg jag inte någon på samma sida av gatan som jag.

Jag bytte kläder, satte mig framför datorn, tog papperet av en av karamellerna och stoppade den

257

i munnen. Det skulle jag inte ha gjort. I samma ögonblick ringde nämligen mobilen. Kolan var en sort jag inte ätit sedan småskolan och låste bettet som en tandskena. Det var Jens i andra ändan och jag försökte förgäves pilla bort den sega massan.

Han berättade att han var hos Robertson. När han hörde mina halvkvävda stönanden drog han slutsatser som om vi levde i Chicago på trettiotalet. Fast han involverade Matts. Han förklarade senare att han trott att jag hade munkavle och att någon riktade en pistol mot min tinning. Efter några frågor som jag inte kunde svara på annat än med läten sade han att han var på väg och att jag skulle hålla mig lugn. Innan samtalet bröts hörde jag honom rapportera till kommissarien att det var bråttom.

Diagnos

Det kändes inte alls trevligt att se polisbilen stanna med skrikande däck. Kommissarien rusade med en fart jag inte tilltrott honom mot porten och följdes av Jens och Jenny, fortfarande i joggingkläder. Jag såg inte fram mot mötet med glädje. Jenny stannade till på trottoaren och tittade upp mot mitt fönster. Hennes gest när hon såg mitt ansikte tänker jag inte beskriva. Men den höjde inte min status.

En stund senare hade alla samlats på deckarkontoret och lyssnat till min förklaring och ursäkt. Jens blick sökte sig mot taket innan han tog ett djupt andetag och blåste ut luften mellan sammanpressade läppar. Kommissarien förblev stående med fötterna brett isär och armarna över bröstet. Jens hjälplösa hand i luften förstärkte intrycket av personalträff på psyket.

"Rätta mig om jag har fel. Du passerade en liten flicka på väg till Skanstorget och tyckte hon såg övergiven ut. För att demonstrera din filantropiska läggning bestämde du att pigga upp henne genom att köpa någonting. Det råkade bli hemlagade jumbokola kryddad med epoxylim?"

Jag undvek Robertsons och Jennys blickar. Hans för att jag anade iskyla som kändes in i märgen; hennes för att hon kämpade för att hålla tillbaka tokskrattet.

"Inget lim. Jag har inte ätit jumbokola sedan jag var tio. Jag mindes inte att de låste bettet. Om du hade väntat en halv minut hade jag kunnat få bort så mycket att jag kunde prata."

De stod tysta en lång stund och tittade på mig. Jens ryckte på axlarna.

"Jag känner femåringar som beter sig så."

Jag råkade fånga Robertsons blick. Den meddelade att fem var åldern när Freddy Larssons intellektuella utveckling tog slut. Han tog också ett djupt andetag.

"För ditt rykte och min sinnesfrid tänker jag hålla den här episoden utanför protokollet."

Jag var glad att slippa vidare diskussion i ämnet. Dörrklockan ringde försiktigt. Jag gissade att det var en polisman till och strosade ut i hallen för att öppna.

Det här var en dag då överraskningarna inte ville ta slut. Utanför stod Leopold Matts. Inte desperadon Matts utan samma gamla inställsamme Matts med gnidande handflator och gråtfärdig blick. Det var tydligt att han inte hade en aning om att han talade med en man han hade hotat till livet för en timma sedan. Jag höjde rösten för att varna mina andra besökare.

"Hej, Leopold. Stig på."

Jag hörde att det blev knäpp tyst inne på kontoret. Matts försökte ett leende men munnen stretade emot.

"Jag hoppas att jag inte kommer oläggligt. Det är några saker jag behöver diskutera. Gäller fallet."

Rösten sprack tre gånger under de korta fraserna. Jag gjorde en gest mot kontoret och gick tätt bakom i händelse av flyktförsök. När han klev över tröskeln stelnade han till. De tre personerna betraktade honom tyst. Han gjorde en rörelse som om han tänkte vända och fly men jag stod i vägen.

"Är det säkert att jag inte stör? Jag kan komma tillbaka en annan gång."

"Nej, då. Du är så välkommen. Jag är faktiskt glad att se dig. Har också lite att prata om."

Robertson erbjöd Matts den nersuttna besöksstolen. Kommissarien såg ut att inte fatta vad som pågick. Just nu fattade ingen. Han tyckte nog att en knäppskalle åt gången var tillräckligt.

"Var så god och sitt, Matts. Vad förskaffar oss den äran?"

Matts sjönk ner och började genast gnida händerna. Hans blick vandrade runt som om han sökte stöd.

"Något konstigt har hänt. Jag kan inte förklara det."

Vi såg att mannen var i upplösning. Jag kände mig också illa till mods. Det här var kusligt. Han fortsatte på samma halvt snyftande sätt.

"Averander, advokaten kontaktade mig. Han påstod att jag hotat honom."

Jens satte sig på skrivbordskanten.

"Vad för slags hot?"

"Han påstod att jag skickat en e-post där jag krävde min del av Bendows kvarlåtenskap och att jag hotat att döda honom och Christine om jag inte fick pengarna."

Jag förstod att mejlet Glenn talat om hade gått iväg. Matts producerade den mest hjälplösa min jag någonsin sett.

"Jag är inte intresserad av Bendows pengar."

Jenny stod längst bort i rummet.

"Har du kollat din dator?"

"Ja, och det fanns ett sådant mejl. Jag förstår inte vem som skrev det eller skickade iväg det. Det är bara Glenn – en av mina anställda – som har tillgång till min dator. Han skulle aldrig göra något sådant. Han är en nörd."

Robertson körde ner händerna i byxfickorna.

"Nördar gör ju inte sådant, det vet vi. Minns du att du besökte Christine tidigare idag och hotade att döda henne?"

Matts förbluffade min kunde inte vara spelad. Hans blick fladdrade en lång stund mellan de fyra ansiktena i rummet. Jag gissade att våra uttryck meddelade att detta var hans livs mest dramatiska ögonblick. Sanningen gick upp för honom som om någon pumpade en ballong i hans huvud tills den exploderade. Han kastade ansiktet mot händerna och började snyfta hysteriskt.

"Jag visste det! Jag visste det!"

Jag tittade mig omkring. Ansiktena sade att tankarna liknade mina. Sympati för stackaren blandades med skräck. Robertson såg chockad ut. Jag gissade att trots hans erfarenhet av alla slags dårar var det något helt annat att från nära håll iaktta hur en förödande diagnos totalt förändrar en människas psyke. Jens gick fram till Matts och lade handen på hans axel.

"Vill du ha en drink? En whisky skulle göra dig gott."

Matts skakade på huvudet som om Jens hade föreslagit en promenad till galgbacken. Han stötte fram orden mellan snyftningarna.

"Det är inte rättvist. Jag är bara fyrtio."

Jens lyfte blicken och tittade på Robertson. Kommissarien förstod vinken och traskade ut till hallen för att ringa det oundvikliga samtalet. Någon kom in från trappuppgången. Vi hörde att det var Bronsberg.

Jag återvände till kontoret efter att ha följt de båda manliga vårdarna till dörren. Polismännen försvann samtidigt. Vårdpersonalen hade haft den goda smaken att inte anlända i vita rockar. Jag plockade fram en flaska whisky och tre glas.

"Om jag någonsin känt att jag måste ha en whisky så är det nu."

Jens var för upprörd för att sitta ner. Han gick fram och tillbaka på mattan. När jag stack glaset i hans hand tackade han inte ens. Jenny sjönk ner i soffan. Hennes min talade om att hon var bara närvarande fysiskt. Tankarna var ute och trampade vatten i trakten av den fjärde galaxen. Jens tömde glaset med en snabb knyck på nacken och höll fram det för påfyllning.

"Jag trodde aldrig jag skulle se Robertson blekna." Han tittade på vätskan i glaset. "Så bräckliga är vi, boss."

Jag nickade eftertänksamt.

"Ändå är Robertson en av de mest stabila människor jag träffat."

Jens smakade på whiskyn. Att döma av hans uttryck smakade den lika bra som den första.

"Jag talar om mänskligheten, representerad av Matts. En liten felkoppling i hjärnan och vi är hjälplösa barn eller livsfarliga dårar."

En blick på Jenny meddelade att hon inte återvänt från sin utflykt. Vi slog oss ner runt soffbordet och smuttade på whiskyn. Tystnaden kändes vilsam efter den hektiska upplevelsen. Mina tankar fastnade vid den egendomliga situationen när jag med en pistol i handen nästan penetrerat en kvinna för första gången. Jag undrade om Christine skulle bjuda på en ny tillfällighet. I så fall lovade jag mig själv att vara obeväpnad. Eller beväpnad med det vapen som en man förväntas presentera i sådana situationer.

Tryck på knappen

Jens tittade ut genom fönstret och gjorde en svepande gest.

"Det är inte byggnaderna och asfalten som skapar atmosfären i en stad. Det är invånarna."

Jag följde hans blick och såg en person ur de lägre samhällsklasserna stå och rota i en papperskorg. Det var min tur att göra en gest. En frågande eller hjälplös. Han skakade uppgivet på huvudet.

"En stad har sin attityd. När den här staden grundades fick inga svenskar bosätta sig här. Stadsplanen gjordes av holländare. Andra nationaliteter som godkändes var britter och tyskar."

"Inga danskar?"

"Danskarna fanns här redan. Södra skärgården var dansk vid den tiden. Kanske vi som var de första urinnevånarna i Göteborg. Skulle förklara varför Göteborgare är så trevliga."

Han fattade sitt glas. Danskt öl som vanligt.

"Det är den bakgrunden som har gett staden internationell prägel."

"Jag trodde att det hade med läget och den stora hamnen att göra."

265

"Orsak och verkan. Så småningom kom andra danskar på att det går att bo i en svensk stad. Men bara en som har utsikt mot Danmark."

"Danmark ser man bara om man klättrar upp i Masthuggskyrkan eller i Kampanilen vid sjöfartsmuseet. Och då ser man bara den plattaste ö som har uppfunnits. Läsö."

Jag är inte säker på att man ser Danmark från någon punkt i Göteborg. Det var inte Jens heller.

"Man behöver inte se Danmark, bara veta att det finns där borta vid horisonten."

"Tack, magistern. Jag visste inte att du var en sådan hejare på geografi?"

"Försöker bara sprida lite kunskap."

Vi satt vid ett bord och inte vid baren. Det var därför Jenny traskade förbi utan att se oss. Jens harklade sig så ljudligt att alla i lokalen vände sig. Förutom oss satt ett tiotal personer utspridda vid borden. Hon satte sig bredvid Jens.

"Hoppsan. Har vi fått kultiverade vanor?"

Hon vinkade till sig servitrisen och beställde sin vanliga White Lady. Jag återvände till ämnet.

"Oavsett vad andra tycker så gillar jag den här staden. Inte minst den öppna, generösa attityden."

Jenny har bott hela sitt liv i Göteborg. Hon återknöt också men till ett helt annat ämne.

"Inkluderar det Bronsberg?"

Jag gjorde en grimas.

"När jag träffade Bronsberg lade jag till en ny sort i min lista över mänskliga karaktärer."

Jens tog en klunk till av sitt öl.

"Det gjorde han nog också när han träffade dig. Men i det senare fallet tvekar jag lite inför benämningen mänsklig. 'Märklig' skulle jag godkänna."

Jenny brukar skratta åt hans små nålstick, åtminstone när de träffar mig, men nu såg hon frånvarande ut.

"Jag träffade honom för en stund sedan." Hon gav mig en syrlig blick. "Har du uppmanat Christine att ange sin mor för mordet?"

Jag tittade häpen på henne.

"Ange? Hon berättade för mig att Margaret hade erkänt att hon mördat Bendow. Jag sade till henne att gå till polisen men hon tvekade. Jag sade att det var bättre om det kom från henne. De skulle få reda på det ändå."

Jens drog ihop ögonen.

"Varför tvekade hon?"

"För att det andra testamentet ger allt till Margaret. Och från henne går det till Christine. Men du ärver inte någon du dödat."

"Har Christine dödat sin mor?"

"Nej men Christines mor, arvtagerskan, dödade Bendow. Hon ärver inte honom och då ärver inte Christine henne."

Jenny tittade sig om efter servitrisen. Jag förklarade att det tar en stund att blanda en White Lady. Det är inte som hos Jimmy där det står en färdigblandad och väntar i kylskåpet varje fredag klockan fem. Då tog hon en klunk mineralvatten ur mitt glas.

"Hon följde tydligen ditt råd. Bronsberg berättade att hon sagt att hon inte kommit tidigare för att hon förträngt allt som har med mamman att göra."

Jens plockade fram cynikern han gömmer bakom sitt polerade yttre.

"Hon kanske väntade för att hon inte kände till det andra testamentet. Trodde att pengarna var säkert i hamn."

Vi bad honom förklara. Hans teori handlade om att hon väntat för att hon själv kunde hamna bland de misstänkta om Margaret ströks från listan.

"Jag kan inte få det här med Susan och dottern ur huvudet. Enligt föreståndaren fanns det en Susan på hemmet och hon fick regelbundet besök av sin dotter."

Jag gjorde en frågande gest.

"Allting var hemligt på det stället. Någon besökte Susan. Kunde vara en annan person."

"Fel dotter?"

"Kanske fel Susan. Man kan nog uppge vilket namn som helst bara man betalar."

Jenny tyckte vi kom ifrån ämnet.

"Bronsberg berättade något annat. Christine påstod att Margaret sagt att hon gjort något fruktansvärt med kroppen."

Skärpa blandades med skepsis i våra blickar. Som alltid väntade Jenny tills hon byggt upp rätt stämning. Hon satte ögonen på mig.

"Du sade att Robertson slängde ur sig något om kastrering."

Jens gjorde en äcklad grimas.

"Du menar att hon kastrerade honom efter att hon slagit ihjäl honom?"

En nick bekräftade. Jens tömde sitt glas som för att tvätta bort känslan.

"Låter som om hon hatade honom bortom alla gränser."

Jag smuttade på min whisky.

"Polisen måste ha vetat hela tiden att han var kastrerad. Varför gick de inte ut med det?"

Jens tittade ut genom fönstret.

"De sparar det som ett trumfkort. Den som yppar något om kastrering är deras man. Eller kvinna."

Jenny nickade eftertänksamt.

"Men då sprack det genom att den som yppade det skyllde på hörsägen."

Jennys drink anlände. Jag funderade på om fallet var löst och lagt till handlingarna. Margaret kunde inte försvara sig mot anklagelserna. Det faktum att det var hennes dotter som berättat gjorde antagligen att "bekännelsen" ansågs trovärdig. Jag fingrade efter min anteckningsbok för att göra en avslutande notering. Den förbaskade bandspelaren låg i samma ficka. Jag drog upp bägge två. Jenny plockade åt sig bandspelaren medan jag skrev. Hon tryckte och pillade en stund.

"Händer inget. Batterierna är slut."

Jag tittade inte upp från mina noteringar.

"Trodde jag också så jag satte i nya. Går inte ändå."

Hon öppnade facket och tog ut bandet.

"Bandet är felvänt."

Jag slutade skriva och stoppade ner anteckningsboken. Hon vände bandet och tryckte på knappen. Vi lyssnade till en inspelning från ett fall flera år tidigare. Jens bad att få titta på den lilla lådan.

"När använde du den sist?"

Jag tänkte en lång stund men kom inte på det. Jag berättade att jag upptäckt att den låg i fickan när jag var hos Averander. Samtidigt som Christine varit där. Informationen drog ihop hans ögon igen. Han vände bandet till ursprungsläget och spolade tillbaka. Jag förklarade suckande att jag inte startat den under tiden jag var där. Han tittade från mig till bandspelaren och tillbaka igen.

"Måste du ha gjort. Den här lilla knappen är lätt att komma åt av misstag."

Nu vaknade Jenny till liv på allvar.

"Du tryckte på knappen och den fortsatte att gå tills bandet var slut. Sätt på så lyssnar vi."

Jag tyckte det var dumheter. Om jag kommit åt knappen skulle vi bara få lyssna på en massa nonsens om lagade stolar. Jag var inte ledsen när Jens tryckte och inget hände. Jenny försökte också. De tittade uppgivet på mig. Jennys gest sade allt. Hon känner till mina vanor.

"Du slänger aldrig batterier?"

Jag trodde frågan var retorisk och svarade inte. Då vände hon sig till Jens och berättade att jag inte slänger batterier för att det kan vara lite kraft kvar i dem. Vet man inte förrän man testat är filosofin. En gång hade hon sett mig sitta och prova fem begagnade batterier tillsammans med nya för att komma underfund med om det fanns kraft kvar i något av dem. Hade tagit en halvtimme. Jens tilltagande melankoli förstärktes av en armbåge på bordet och en hand mot pannan.

"Så du satte i gamla batterier?"

Jag förklarade och försvarade min filosofi med att det i alla fall funnits så mycket kraft att det gått att spola tillbaka. Men det finns en bandspelare i bilen. Plötsligt var alla nyfikna på bandet. Alla utom jag. Men jag hade en annan överraskning åt dem.

Vi drack ur våra drinkar. Jenny fick kämpa med sin för det var mer än hälften kvar. Det var inte tal om att be oss hjälpa henne. Vi betalade och gick ut på gatan. Ett ögonblick av triumf väntade. Min triumf. Jag iakttog roat hur de tittade efter min bil. När de inte upptäckte den släntrade jag nonchalant iväg utefter trottoaren. Trettio meter längre bort stannade jag och låtsades titta på utsikten. På andra sidan kanalen stod en vit Volkswagen minibuss. En ganska ny och skinande ren. Jag fortsatte över gångbron med de två i hälarna. De trodde nog att vi var på väg till någon av de större parkeringsplatserna ner mot hamnen. Jag stannade vid den vita minibussen. Lampor blinkade när jag slog av larmet.

"Det glömde jag nämna. Jag har köpt en ny buss. Varsågoda."

De tittade häpet på fordonet. Jag berättade att den var tre år och mycket välskött. Jenny sade att hon trodde jag skojade och att det var en bil jag hyrt eller lånat. De klev in och satte sig tätt ihop på det breda framsätet. En blick över axeln visade en bänksits till, rygg mot rygg med den vi satt på. Ett litet bord gick att fälla ut. Jag startade och satte handen bakom örat. Motorn hördes knappt. Min gest mot växelspaken blev pompösare än jag tänkt mig.

"Automatisk växellåda."

Jag rullade ut från parkeringsplatsen och snirklade på smågator ner mot den större leden. Bilen gick så tyst och smidigt att det var en fröjd att köra. Jenny som satt i mitten pillade med radion. Hon hade hållit bandet i handen hela tiden. Det var bara att trycka på en knapp så började automatsökningen. Bandspelaren var av standardtyp. Hon tryckte in bandet och justerade ljudet.

"Hur länge var du där?"

"Med tiden det tog att laga stolen rör det sig nog om en halvtimme."

"Hur länge var du borta?"

"Tio minuter."

Jag berättade att jag trott att de ville bli av med mig men så var det inte. Bandet gick igång och vi lyssnade med öron som blev större och större. Jens skärpte rösten till magisterton efter en stund.

"Kör till polishuset. Det här är dynamit."

Jag förstod att detta var något som skulle göra Robertson vänligare inställd till Freddy Larsson och hans agentur.

Jenny tog ur bandet och stoppade det i fickan.

"Kommer du ihåg när du sprang in till Averanders kontor för att pinka och tjuvlyssnade till ett annat samtal som gav en fjäder i hatten."

"Vad vill du ha sagt med det?"

"Att deckare Larsson utför sina bästa bedrifter när slumpen bestämmer."

Jag brydde mig inte om att kommentera.

Spiken i kistan

Till min förvåning hittade jag en ledig parkeringsplats. Servostyrningen var så perfekt att bilen tycktes rulla in av sig själv. Det fanns ingen annan anledning till vårt snabba tempo än att vi var uppjagade. Vi hade bara lyssnat till början av bandet men de upprörda rösterna tydde på kommande drama.

Robertson var inte på plats. Vi förklarade vårt ärende för en uniformerad kvinnlig polis. Hon förstod och visade oss in till hans rum där vi spred ut oss medan hon ringde på sin telefon. Han var inte ute på uppdrag utan satt någonstans och drack kaffe.

Några minuter senare kom han in på kontoret med andan i halsen. Jenny informerade kortfattat om vårt ärende. Han plockade fram en bandspelare ur en låda. Jenny frågade om de avslutat ärendet nu när Christine erkänt å sin mors vägnar. Robertson nickade sakta medan han tryckte in bandet.

"För vår del är det slut. Mördaren är död. Finns ingen att åtala. Christine Rolf går miste om sitt arv men sådan är lagen. Hon kan naturligtvis bestrida och hävda det första testamentet. Hon har ju en bra advokat."

Som gör sitt bästa för att förskingra pengarna, tänkte jag när jag avbröts av just den mannens röst i bandspelaren. Medan rösten rabblade artigheter berättade jag att jag fått intrycket att jag avbrutit ett animerat samtal när jag kommit in i rummet. En stund senare lyssnade vi till min röst som knappt hördes eftersom jag befann mig längst ifrån mikrofonen. Averanders distinkta uttal gjorde att han hördes klart och tydligt fast han inte talade högt. Christine satt närmast och hördes utmärkt. Hon är också verbal och lågmäld. Jag hade tydligen kommit åt startknappen när jag lade kavajen på fåtöljen. Det var generande att lyssna till min lektion i elementär träslöjd och jag log ansträngt när jag efter en stund hörde mig be att få låna toaletten.

När jag lämnat rummet ändrades tonen markant. Det var tydligt att de två återupptog ämnet de diskuterat innan jag dök upp. Averander skärpte tonen.

"Okej, var var vi när din vän avbröt?"

Christine hördes plötsligt väldigt tydligt. Antingen hade hon vänt ansiktet mot kavajen och bandspelaren eller hon höjde rösten för att hon var uppjagad.

"Du föreslog att jag skulle säga till polisen att en av mammas horkompisar hjälpte till att transportera kroppen till tjärnen."

"Riktigt. Skall vi påstå att hon sade någonting om hur hon dödade honom?"

"Polisen vet att han dog av ett slag i huvudet. Kraftig hammare."

"Var är den hammaren nu?"

"Vet inte. Hon slängde den väl i en kanal eller i en soptunna."

"Är du säker? Har du tittat efter en hammare bland hennes efterlämnade saker?"

"Jag gissar att polisen sökte igenom hennes lägenhet grundligt."

"Varför skulle de? Vid den tiden fanns ingen koppling till Bendow. Han hittades ett år senare."

Det var tyst en stund. Averander lät mer oroad än irriterad när han fortsatte.

"Gå igenom grejerna noga en gång till. Var förvarar du dem?"

"I en garderob i min lägenhet. Några kartonger och en träbox. Mer ägde hon inte."

"Gå igenom en gång till. Det kan vara viktigt."

"Om jag hittar den, skall jag kasta den?"

"Nej, om det finns spår av blod eller annat DNA bekräftar det din historia att hon mördade honom. Låt den vara där den är. Se till att den ligger så att den lätt hittas av polisen. Torka inte bort fingeravtrycken. Dina går att förklara."

Robertson pausade bandspelaren och tryckte på en knapp på interntelefonen. En röst svarade. Och han sprutade ut sin order. Vad man skulle söka efter i Christines lägenhet och att man skulle ta med henne till polishuset för förhör. Vi förstod att man hade ett tillstånd liggande sedan tidigare. Christine hade varit med på listan hela tiden. Robertson såg grym ut när han satte igång bandspelaren igen. Rösten i högtalaren hade en oväntad metallisk klang. Christines charmiga knorr vid slutet av varje mening var borta.

"Skall jag nämna kastreringen?"

En spänd paus följde. När Averander svarade tycktes rösten komma från magen.

"Vilken kastrering?"

"Sade jag inte det? Hon skar av hans...delar."

Den nya pausen fylldes med ett drama som tycktes få bandspelaren att vibrera. Lagmannen samlade sig och lät plötsligt som en advokat i rättssalen.

"Du sade tidigare att hon ringde så snart hon utfört dådet. En fråga om minuter. Har jag rätt?"

"Ja."

"Hur lång tid tog det dig att komma dit?"

"Kanske tio minuter."

"Hur var hennes kondition när du kom dit?"

"Hon var helt borta."

Ny paus. När Averander tog till orda igen kunde man ana tvivel i rösten.

"När jag anlände var hon så borta att hon inte kunde stå upp. Hur i hela friden kunde hon utföra något så komplicerat som en kastrering i det tillståndet? Och varför fanns det inget blod?"

"Jag torkade upp det."

"Var hans delar fortfarande där?"

"Ja. Jag kastade dem i soppåsen."

"Du gjorde vad?"

"Du hörde rätt."

Jag kastade en blick på Jens. Precis som jag tycktes han göra sig en bild av sina testiklar avskurna och kastade i soporna. Averanders tystnad tydde på en liknande reaktion. Han skärpte rösten ytterligare.

"Jag kan inte föreställa mig att Margaret gjorde det, drogad eller inte. Är det något annat du inte har berättat?"

"Jag tyckte att den smutsiga sanningen skulle göra dig gott. Jag bandagerade honom och klädde honom i kostym för att han inte skulle blöda i den fina hyrbilen."

"Vad gjorde Margaret under tiden?"

"Kräktes på toaletten."

Robertson nickade nådigt. Tydligen var han nöjd med min prestation. När Averander fortsatte hade han återgått till sin affärsmässiga attityd.

"Lyssna noga nu. Nämn inte kastreringen för polisen. De har medvetet hållit den informationen hemlig för att kunna sätta dit den som hasplar ur sig ordet. Din mamma var helt utslagen och visste inte vad hon gjorde. Det är allt du vet."

Plötsligt brast det för Christine. Hon spottade ut sina ord så att vi nästan tog betäckning. Hennes röst fyllde rummet med hat och förakt.

"Det svinet! Han förstörde mamma med sina förbannade droger. Jag är glad att han är död! Jag skulle göra det igen om det behövdes!"

279

Averanders röst var så frostig att den nästan klirrade.

"Göra vad igen, älskling?"

Pausen fylldes av ett drama som ingen radiopjäs varit i närheten av. Det var inte svårt att föreställa sig far och dotter stirra på varandra, han överlägset, hon med hat som blandades med ånger. Men det senare var för sent. Den fruktansvärda sanningen satt som en stålnit i alla huvuden. Christine hade lugnat sig när hon svarade.

"Ingenting..."

Inspelningen avbröts av ljudet av min knackning på dörren. Jag halade upp en näsduk och torkade mig i pannan.

"Undra på att de såg arga ut när jag kom in."

Jag kände att mitt huvud skakade okontrollerat. Robertson såg ut att vara redo att sätta in en attack mot vad som helst.

"Bra gjort, Larsson. Jag måste iväg snabbt."

Han hejdade sig på väg mot dörren. Vi hade också rest oss och störtat iväg i samma riktning. Vi staplades mot hans väldiga ryggsida när han tvärstannade. Hans knutna näve skakade till i luften.

"Jäklar! Jag har ingen transport. Alla civila bilar pajade samtidigt och vi har lämnat tillbaka jeepen." Han tittade forskande på oss. "I vilken bil kom ni?"

Jens nickade mot mig.

"Freddys."

"Jag önskar att ni inte körde omkring med den kontaminationen i Göteborg. Men okej, det här är nödläge. Jag gömmer ansiktet."

Kontamination? Jens såg min förvirrade uppsyn och förklarade att det betyder smitta. Vi skyndade nerför trapporna och ut till parkeringen. Robertson tittade sig omkring med vild blick.

"Var är den? Säg inte att någon stal den."

Jag gick demonstrativt fram till min nya van, öppnade dörren och satte mig bakom ratten. Kommissarien slank in på passagerarsidan och Jens och Jenny klev in genom skjutdörren på sidan och slog sig ner på soffan. Robertson nickade motvilligt medan jag backade ut.

"Vem kunde tro det? Blev du äntligen stoppad av trafikpolisen och fick det körförbud du samlat ihop till de senaste fem åren?"

Jag berättade att det var med sorg i hjärtat jag gjort mig av med den gamle trotjänaren. Jag hade haft den i tio år.

"Och ägaren före dig hade den i tio år och ägaren före honom…"

"Tack. Så brukar Jens och Jenny hålla på. Det var en gammal vän. Vila i frid."

Jag navigerade genom staden och njöt av den mjuka färden. Inte ens när jag studsade över spårvagnsspåren vid Valand protesterade fjädringen. Jens behövde inte höja rösten för att höras från sin bekväma position.

"Tänk om hammaren inte finns kvar? Då spricker hela upplägget."

Robertson pratade över sin axel.

"Den finns. Hon planerade att skylla på Margaret hela tiden. Bendows DNA och Margarets fingeravtryck på hammaren är hennes bevis. Hennes egna avtryck lätta att förklara. Hon ljög när hon sade att hon inte vet var hammaren är."

Jag rattade Vasagatan fram i god fart.

"Om hon planerade detta sedan länge, varför vänta tills nu med att berätta?"

"Bra fråga, Larsson. Måste finnas ett bra svar."

Jenny flikade in att det finns frågetecken kring identiteterna på hemmet för missbrukare. Robertson skakade på huvudet och hänvisade till Inger på sedlighetsroteln som hade koll på tjejerna. Susan satt där sedan ett år. Hennes dotter betalade. Margaret var död.

Det var inte långt till Masthugget. Jag tog vägen via Linnéplatsen för att testa bilen i de branta backarna. När jag närmade mig foten av den brantaste stigningen famlade jag efter växelspaken och log belåtet när jag erinrade mig att i den här bilen var det inte jag som växlade.

"Är det möjligt att Christine hade något med Margarets överdos att göra?"

Robertson ryckte på axlarna.

"Det är svårt att bevisa medveten överdos när det gäller gamla missbrukare."

Jenny undrade vilken roll Averander spelade och fick veta att han hade mycket att svara för. Transport av kropp till skogstjärn var bara en av punkterna. Jag svängde in på den lilla tvärgatan där Christine bor och parkerade bakom polisbilen. Jenny valde att sitta kvar i bilen.

Robertson skyndade upp till Christines lägenhet med mig och Jens i hälarna. Dörren stod öppen. En storvuxen polisman kom ut från vardagsrummet och ställde sig i hallen. Inifrån lägenheten hördes röster. Jag kikade in i vardagsrummet. Christine satt i soffan. Hon såg varken rädd eller bedrövad ut. Robertson ställde sig myndigt framför henne.

"Du är arresterad, misstänkt för mord på Sven Bendow." Han rabblade ramsan med rättigheter. "Vi har nya bevis."

Hon fick syn på mig och log sitt charmiga leende. Du skulle veta att det är jag som ställt till det för dig, hann jag tänka. Hon höjde ögonbrynen som en slags hälsning.

"Hej, Freddy. Undrar var de får alla dumheter ifrån?"

Jag kände hur mitt leende stramade i kinderna. Ytterligare en polisman kom ut från sovrummet och parkerade sig med ryggen mot fönstret. Det slog mig att fastän Christine suttit grensle över mig utan en tråd på kroppen i den här lägenheten hade jag inte sett sovrummet.

Jens dök upp från ingenstans och gjorde en uppgiven rörelse.

"Jag är ledsen, Christine. Loppet är kört."

"Inget är kört. Hammaren kommer att bevisa att jag är oskyldig. Jag försökte skydda mamma men nu förstår jag att det var dumt."

Fast hon tittade på Jens förstod alla att orden var riktade till Robertson. Han nickade till polismannen vid fönstret. Mannen nickade tillbaka och gick fram till Christine. När han tog tag i hennes arm ryckte hon den till sig och reste sig. Polisen i hallen kom in och slöt upp på hennes andra sida. Vi följde henne med blickarna tills hon var utom synhåll. Hon försökte göra sig fri från polismannens grepp men han var av Robertsons storlek och såg ännu starkare ut.

Jag erinrade mig hennes obstinata beteende vid tjärnen och stugan. Jag kände ingen sympati för henne. Hon var iskall och opersonlig när hon vände den sidan till. Jag drog fram plånboken och fingrade fram två biljetter jag hade köpt till morgondagens konsert. Jag tittade uppgivet på dem tills de rycktes ur min hand av Jens. Han förstod att min avsikt varit att bjuda Christine.

"Verkar vara inställt, boss."

"Jag slipper i alla fall en omgång av Mahler."

"I morgon är det Haydn. Cellokonsert. Du kan ju bjuda mig i stället."

Robertson log. Jag gissade att han hade svårt att tänka sig mig som åhörare på symfonikonsert. För några veckor sedan hade inte jag heller kunnat föreställa mig det. Biljetterna var dyra så jag kunde lika gärna gå med Jens. Robertson väntade på att en tredje polisman skulle bli klar med sin undersökning. Vi hörde honom eller henne rota i sovrummet.

"Jag är skyldig er ett stort tack. Vi visste att Averander hade sitt finger med i spelet men vi visste inte hur vi skulle komma åt honom. Ni har sparat mycket arbete åt oss."

Vi tackade med korta nickar. Han nämnde i förbigående att det är olagligt att spela in samtal utan de inblandades vetskap men att han skulle låta nåd gå före rätt eftersom det skett av misstag. Han skulle inte nämna att bandet kom från mig under rättegången. De åtalade skulle få dra egna slutsatser. Gissningen kunde bli att polisen buggat advokaten.

Det var dags att lämna stället. Jens gjorde en frågande gest mot kommissarien.

"Skall vi köra dig tillbaka till polishuset?"

Han skakade på huvudet och berättade att de hade mycket kvar att göra. Inte minst måste lägenheten förseglas för vidare undersökning. Han hejdade oss innan vi gick ut i hallen.

"Hörde ni om Matts?" Våra uttryck berättade att vi inget hört. "Jag skulle berättat men det försvann i turbulensen. Han tog livet av sig i cellen igår. Överdos av sömnmedel. Upptäcktes för sent."

När vi traskade iväg såg vi att den kvarvarande polismannen kom ut från sovrummet och visade upp en hammare i en plastpåse. Uppdraget slutfört, tänkte vi när vi strosade nerför trapporna.

Jenny satt vid ratten när vi klättrade in i bilen. Okej, tänkte jag. Hon kommer att köra den här bilen många gånger i framtiden. Medan vi rullade nerför de branta backarna berättade vi vad som hänt. Hon nickade tyst. Hon hade sett Christine ledas in i polisbilen och dragit sina egna slutsatser. Matts öde berörde oss mer än vi ville visa. Innan stackaren fattat vad livet handlar om hade det tagit slut.

Oväntad Födelsedagspresent

Slutet av oktober är en bra tid för älskare av höstfärger. I år hade den vackra förruttnelseprocessen inte hunnit förstöras av någon av de stormar som brukar dra in över västkusten vid den här tiden. Några av de gamla bjässarna vid västra kyrkogården lyste så vackert att den mest kräsne fotograf hade blivit inspirerad. Mörka grenar kontrasterade mot lövverket och förstärkte det bildmässiga intrycket. En mindre lönn sprakade av färg. Den råkade stå just vid den grav vi sökte. Två bänkar stod bredvid varandra i skuggan av ett annat träd. De syntes inte förrän man rundat en häck. Vi läste Margaret Rolf på en gravsten av röd granit och slog oss ner på en av bänkarna med Jenny i mitten.

Det var Jennys idé att hedra den karismatiska kvinnan vi bara kände genom ett foto. Tanken var att sitta en stund och begrunda hennes dystra liv och öde. Ett fåtal människor rörde sig på de välkrattade gångarna. Några tittade till gravar, andra använde kyrkogården som promenadområde. När jag var barn hade jag ofta traskat omkring bland gravarna tillsammans med mamma och tyckt att det var vackert och spännande. Tills farfar hade dött och jag förstod att det låg människor därnere under sanden. Förfärligt kallt och ensamt var min reflektion då. Senare i livet skulle jag återkomma till tankegången när jag hörde frasen *"man lever så kort tid och man är död så länge"*. Sandytor på gravar skulle bli sinnebilden för min uppfattning om livets förgänglighet.

Det hade gått några dagar sedan de uppslitande händelserna hos Christine. Känslorna hade hunnit blandas med eftertanke och sympati för den olycksdrabbade kvinnan. Hennes öde hade på något sätt varit förutbestämt. Horans dotter har mycket motlut. Jens sträckte armarna över ryggstödet.

"Hur känns det att stå överst på Robertsons favoritlista, boss?"

Jag lutade mig framåt och lade armbågarna på knäna. Blicken hamnade på gravstenen.

"Nästa gång vi träffas är alltihop glömt och syrligheterna staplas på hans tunga som vanligt. Men det är trevligt så länge det varar."

Min blick vandrade till graven intill. Det låg fortfarande kransar på jorden som bara nödtorftigt krattats till i väntan på gravsten. Den var den graven vi spionerat på för att se om vi kände igen någon av de sörjande. Jenny gick fram för att läsa på banden. När hon återvände och tryckte sig in mellan oss igen ryckte hon slappt på axlarna och formulerade våra tankar.

"Märkligt. Det är inte lätt att få gravplats på den gamla delen av den här kyrkogården. Måste vara platser som någon av dem haft i många år."

Jag invände att Bendow – och hans kolleger – hade kontakter och kunskaper. Min blick återvände till gravstenen framför oss.

"Konstigt hur vissa människor biter sig fast i minnet medan andra försvinner utan att lämna spår. Om några år minns vi fortfarande Margaret medan Christine har bleknat."

Jenny nickade sorgset.

"Jag trodde att jag hade karisma."

Jens suckade. Han kände henne väl och visste att det var så hon fikade efter komplimanger.

"Du är alltid nummer ett. Det vet du. Du håller även efter att första angenäma intrycket fasat ut. Man kan bli trött på att titta på ett vackert ansikte men man tröttnar inte på en kvick och intelligent person. Snygg och klok är tilltalande mix."

Det var den mest omständliga komplimang jag hört och skulle just framföra synpunkten när jag såg att Jenny tindrade med ögonen. Jag suckade och insåg för hundrade gången att jag inte förstod mig på kvinnor. Inte ens min syster som jag känt i över trettio år.

"Kanske beror fascinationen på vetskapen om hennes yrke och mystiken kring hennes död."

Jens slog ut med handen.

"Finns ingen mystik kring överdos av knark."

Jenny tittade fundersamt på honom.

"Har ni tänkt på att Christine aldrig sade rent ut att Margaret var död."

Jag betraktade hennes profil. Vi hade diskuterat ämnet förut utan att komma till slutsats.

"Hon tyckte kanske det var otrevligt att uttala ordet."

"Det var inte otrevligt att säga att Bendow var död."

Jag var på väg att säga att det kanske berodde på att han *var* död då innebörden av den meningen träffade en hittills oanvänd hjärncell. Spekulationen som följde blev väldigt abstrakt. Fast lite substans fanns det kanske i den ändå. Jag bearbetade teorin en stund.

Jenny satt så nära mig att våra ben skavde mot varandra. Hon hade naturligtvis utfört deckarjobb på egen hand.

"Jag pratade med Robertson. Han sade att Christine fortsätter att hävda att det var Margaret som mördade Bendow. Bandinspelningen betyder ingenting. Hon påstår att hon spelade upp en show för att få Averander att medge att han spelade bort hennes pengar."

Både Jens och mitt huvud skakade sakta. Med höften tryckte jag henne närmare Jens så att hon kunde skava mot hans ben i stället.

"Det låter lika krystat som Jensens komplimanger. Jag trodde hon var mer påhittig." Jag gjorde en paus innan jag kläckte ur mig min spekulation. "Jag funderade just på om hennes motvilja att säga att Margaret är död kan ha att göra med allmän motvilja att ljuga."

Reaktionen var väntad. De tittade på mig som om jag hade tappat det lilla förstånd de trodde jag hade. Jens lät trött när han formulerade tankegången.

"Du tittar på hennes gravsten och tror inte att hon är död?"

Jag insåg att det lät korkat och släppte ämnet. Jenny återknöt till sitt samtal med Robertson.

"Det spelar ingen roll vad Christine påstår. Bluffen hade kanske gett henne en veckas respit att tänka ut något bättre om det inte varit för ett annat bevis. Polisen hittade bara Christines fingeravtryck på hammaren. Margaret har aldrig rört den."

Nu var det Jens och min tur att se häpna ut. Spekulationen den här gången blev att någon annan köpt hammaren – kanske Bendow – och lagt den bland Margarets övriga prylar. Jag hade skymtat hammaren när polisen bar iväg den. Det var ett bamseverktyg. Kvinnor köper små hammare att slå i spik med så att de kan hänga upp tavlor. Jenny höll med om det senare men inte att Bendow köpt hammaren.

"Jag tror att Christine köpte hammaren och lade den i en låda hos Margaret i tron att hon skulle använda den vid något tillfälle. Tydligen gjorde hon inte det."

Vi nickade unisont. Falla på eget grepp studsade i mitt huvud. Christine hade planerat länge.

Jennys mobil pep. Hon gick och satte sig på den andra bänken och vände ansiktet från oss.

En kvinna närmade sig på grusgången. Hon var påfallande elegant i ljus kappa och högklackade skor. En svart kjol skymtade under kappan. Vi gissade att hon var på väg till graven bredvid för att hedra den nyligen gravsatte. Hon bar en blomsterbukett. Vi makade oss åt sidan för att hon skulle få plats. Bänken Jens och jag satt på stod närmare än den där Jenny satt och pladdrade. Den var bred nog för fem personer.

Hon tvekade när hon såg oss men drog troligen samma slutsats. Vi var sörjande vid en grav. När hon kom närmare och jag såg hennes ansikte kände jag hur hjärtat bankade till. Jag kunde inte låta bli att stirra. Min spekulation återvände och drog munnen till ett inåtvänt leende. Intuitionen hade fått rätt fast den var inte kvinnlig den här gången. Eller var den det. Telepatisk intuition om det finns något som heter så. Kvinnan hade befunnit sig i närheten när fantasin rörde om i mitt huvud.

När hon såg att vi stirrade log hon charmigt. Jag förstod att hon var van vid att män reagerade så när de såg henne första gången. Hon stannade vid den blomstersmyckade graven och lade ner sin bukett, böjde huvudet ödmjukt och tog några steg tillbaka. Det tog fem sekunder för bitarna att falla på plats i mitt huvud. I Jens huvud också förstod jag när jag sökte hans blick och såg det mest häpna uttryck jag sett i det ansiktet. Han samlade sig och gjorde en dämpande gest jag tolkade som att vi skulle låta kvinnan ta första steget. Vi studerade vader vars form accentuerades av svarta nylonstrumpor med söm. Håret var brunt, tjockt och påminde om Jennys fast det var klippt på ett sätt som inte varit modernt sedan femtiotalet. Kanske en frisyr som var på väg tillbaka.

Jens gav henne två minuter innan han reste sig och gick fram till henne. Hon stod kvar och betraktade blommorna och kransarna. Läste kanske namnen på de sirliga banden. Ljudet av det knastrande gruset under Jens skor fick henne att vrida huvudet och kasta en blick på honom. Anblicken av den snygge mannen lockade fram ett nytt leende. Jag kunde konstatera att hon liknade fotot på pricken. Jag hade trott att hon skulle se mycket äldre och mer sliten ut. Hon fortsatte att titta på Jens som om hon förstod att hans uppträdande innehöll ett budskap. Han nickade mot gravstenen med hennes namn.

"Vem ligger därnere, Margaret?"

Till min förvåning kom det ingen skräckslagen reaktion. Inte ens ett höjt ögonbryn. Hon tittade på Jens som om hon funderade på hur det skulle vara att kyssa honom. Granskningen avslutades med en axelryckning.

"Längre än så höll det alltså inte. Hur visste ni att jag skulle komma?"

Jag kunde inte låta bli att beundra hennes sinnesnärvaro. Hade inte hennes yrke varit allmän kännedom skulle gissningen blivit medlem av det övre samhällsskiktet. Kanske därför män som Averander och Bendow fastnat för henne. Jens nickade mot gravstenen.

"Vi visste inte. Vi trodde att det var du som låg där. Vi är här för att visa respekt. Fast vi inte känner dig."

Hon tog upp ett cigarrettpaket, pillade ut en pinne och tände den utan att darra på handen. Rökmolnet hamnade i Jens ansikte.

"Hon heter Susan. Dog av överdos. Heroin. Hennes död kom väldigt lägligt för mig. Jag förmodar att ni känner till resten."

Jag förstod att hon trodde vi var poliser. Jens beslöt att låta henne vara kvar i den föreställningen tills vidare.

"Inte riktigt. Vem arrangerade begravningen?"

"Christine, vem annars? Jag var helt i botten. Amfetamin och alkohol. Jag är ren nu."

Jens nickade mot bänken och bjöd henne att sitta. Han presenterade mig. Jag reste mig som om det var en kunglighet som gjorde oss den äran. Jag hörde att Jenny fortsatte prata i sin mobil. Du skulle veta vad du går miste om, hann jag tänka. Vi satte oss, den här gången med Margaret i mitten. Jag presenterade mig och nämnde att jag försökt träffa henne några veckor tidigare. Men då i rollen som Susan. Hon nickade.

"Jag vet. Jag känner igen dig. Du hade en söt tjej med dig."

Jag mindes gardinen som fallit tillbaka i ett av fönstren.

"Så du kände att bubblan var på väg att brista och bestämde dig för att komma fram. Hur lyckades du dupera personalen på hemmet så länge?"

"Du behöver inte dupera någon på det stället, uppge ett namn och betala så håller de tyst."

"Och du uppgav Susan? Vem betalade?"

"Christine skickade summan varje månad men jag gissar att pengarna kom från Averander."

Hon gav mig det stillsamma leendet jag kände igen från fotot och som hållit mig vaken ett antal nätter efter att Christine visat det. Nu förstod jag att det skulle bli nya sömnlösa nätter. Hon vände blicken mot graven.

"Och jag kände ingen bubbla på väg att brista förrän nu."

Jag förstod att hon var lättad över att tala med någon. Traumat hade byggts upp under lång tid. Hennes huvud var antagligen lika fyllt av tankar och spekulationer som våra skallar varit. Tills nu.

Jens kunde eller ville inte ta ögonen från hennes ansikte.

"Så Susan dog av överdos?"

"Ja, hon dog i sin säng."

"Vem hittade henne?"

"Christine. Jag hade inte hört av Susan på några dagar och blev orolig. Jag ringde Christine och bad henne kolla."

Jag försökte låta bli att titta på hennes ansikte men blicken drogs dit som om den varit fäst i en gummisnodd.

"Vems idé var det att byta identitet?"

"Christines naturligtvis. Hon sade att det var min chans att slippa anklagelse för mordet på Bendow om de hittade kroppen." Hon tog ett bloss och blåste molnet på mig den här gången. "Det verkar som om vi har mycket att prata om."

Hon kastade en blick mot pladdrande Jenny som hade flyttat sig lite längre bort, fortfarande med ryggen mot oss. Det förvånade mig. Jenny brukar vara uppmärksamheten personifierad när det blir intressant.

Jag ville säga något till Margaret om hennes häpnadsväckande feminina utstrålning men kunde inte komma på de rätta orden. Det blev en av mina vanliga klantigheter.

"Trevligt att träffa dig, Margaret. Jag har sett ett foto av dig."

Hon såg ut att vänta på en fortsättning eller en slags komplimang men tungan låste sig. Hon gav mig ett leende till, en annan sorts leende den här gången. Lätt roat.

"Intressant, Freddy. Trevligt att träffa dig också. Jag är övertygad om att du är en skarp iakttagare."

Jag undvek att titta på Jens. Han älskar när jag dabbar mig inför kvinnor. Skarp iakttagare passade bättre på Margaret. Det hade tagit henne femton sekunder att läsa huvuddragen i min karaktär. Jag var tacksam när Jens tog över igen.

"Vad hände dagen när Bendow dog?"

Hennes blick försvann i fjärran när traumat återvände.

"Jag vet inte. Jag var helt utslagen. Allt jag minns är att när jag vaknade höll Christine och Willie på att dra sopsäckar över Bendows kropp. En över huvudet, en över benen. Christine sade att jag slagit ihjäl honom med en hammare."

"Willie är Averander?"

"Ja, han är Christines far. Inte Bendow."

"Vi vet. Grå ögon. Kommer du ihåg om du hade en fajt med Bendow om någonting. Något som gjorde dig så rasande att du ville döda honom?"

"Ingenting sådant. Jag var borta. Susan brukade säga att det inte var kul att ta droger med mig. Jag slocknade med en gång. Ändå behövde jag skiten."

"Kände du till det andra testamentet? Det som gjorde dig till ensam arvinge."

"Självklart. Det var anledningen till identitetsbytet. För att rädda pengarna."

"Rädda pengarna åt Christine. Men testamentet fungerar som ditt alibi. Om du mördade Bendow och det testamentet blev känt skulle du inte ärva ett öre. Det första skulle gälla och göra Christine till enda arvinge. Även om du tjänade på hans död kunde du inte utföra dådet själv. Ditt motiv var borta. Men det var inte Christines. För henne var det viktigt att Bendow dog."

Jag såg att slantarna började ramla ner. Hon gjorde en grimas.

"Så för henne var det avgörande att jag tog på mig mordet och att det andra testamentet försvann?"

Vi nickade samtidigt. Jag tröstade.

"Men det sprack av olika anledningar. Det andra testamentet räddades av den söta tjejen du såg tillsammans med mig. Originalet som finns hos polisen nu. Genom en annan tillfällighet har vi en bekännelse från Christine. Det var hon som slog ihjäl Bendow. Dina fingeravtryck finns inte på hammaren."

En sorgsen min förändrade hennes ansikte.

"Så hon planerade alltihop från början?"

Jens lade sin hand på hennes. Jag noterade att hon vände handen så att de kramade varandras händer. Han log sitt vänliga leende.

"Vi är inte poliser, Margaret."

Han redogjorde för vår roll i härvan. Några detaljer utelämnades, bland dem kastreringen. Hon lyssnade uppmärksamt och avbröt inte för att ställa frågor. Jag flikade in när han glömde eller hade svårt med den kronologiska ordningen. Det blev tyst en stund efter att vi hade avslutat med händelsen i Christines lägenhet och fyndet av hammaren. Jag kastade en blick åt Jennys håll. Hon pladdrade inte längre men hon satt fortfarande med huvudet bortvänt. Beteendet förbryllade mig. Hon är annars något av det mest nyfikna och uppmärksamma som producerats i västra Göteborg. Jag bröt tystnaden.

"När blev du utskriven från hemmet?"

"I morse. Egen begäran. Man bestämmer själv. Jag kom med tåget till centralen för en timme sedan. Jag försökte ringa Christine men nu förstår jag varför hon inte svarade. Fick inte tag i henne igår heller. Det var därför jag lämnade hemmet."

"Är du helt frisk nu?"

"Ja, behandlingen är väl genomtänkt. I stället för pekpinnar får man hjälp att hjälpa sig själv."

Vi nickade. Hon lossade greppet om Jens hand och lät blicken vandra till gravstenen igen.

"För att ha något att göra bestämde jag att gå hit till gravarna och visa respekt. Jag visste inte om jag skulle lägga blommorna hos Sven eller Susan." Hon log lite skälmaktigt. "Du lägger inte blommor på en grav med ditt eget namn, eller hur?"

Vi log också men inte skälmaktigt. Jag tittade på mina händer.

"Vad tycker du om din dotters agerande?"

En djup suck inledde.

"Jag förstod från början att det var något som inte stämde. Varför skulle jag döda Bendow? Jag tyckte om honom. Han hade klass. Jag gillar människor med stil. Och som jag sade; jag blev aldrig aggressiv när jag tog mitt amfetamin. Jag somnade."

Hon vilade blicken på mitt ansikte en stund.

"Har hon erkänt?"

"Nej, hon fortsätter att neka. Men bevisen är förödande. Inspelningen vi nämnde avslöjar allt.

299

Det handlar om ett samtal mellan henne och Averander."

"Är han också misstänkt?"

"Inte för mordet. Han anlände efter att dådet var utfört. Du var inte kontaktbar enligt honom. Han hjälpte till att skaffa undan kroppen. Det får han stå till svars för. Han trodde på Christines historia att du bankade hammaren i huvudet på Bendow. Han tror också att du dog av överdos av heroin."

"Självklart. Susan dog av en sådan överdos. Om någon hade begärt obduktion måste dödsorsak stämma med påstående. Jag har aldrig tagit heroin."

Jag erinrade mig Christines påstående att forskare i ämnet drogmissbruk bara hade behövt ett studieobjekt om de haft tillgång till Margaret. En bluff till.

Det förvånade mig att den följande pausen inte innehöll det drama som upplysningarna borde framkallat. Hennes avslappnade uppträdande gav mig en känsla av att vi diskuterade övriga deltagare på en fest vi varit bjudna tillsammans på. Hon kastade cigarrettstumpen på gruset. Vi betraktade röken som sakta ringlade sig upp. Jens lutade sig tillbaka och tog ett djupt andetag.

"Du behöver inte vittna mot henne."

Hennes leende tackade för försöket att trösta.

"Jag vet. Men för att fria mig själv måste jag. Inte sant?"

"En uppspelning av polisförhöret kanske räcker i domstolen också."

Hon nickade och tittade stelt rakt fram. Trots dotterns falskspel tycktes bilden av henne bakom lås och bom orsaka smärta.

"Jag hoppas det."

Hennes ögon fladdrade en stund innan de stannade på gravstenen. Hon viskade sitt namn.

"Vilka anklagelser kommer de att rikta mot mig?"

Jens ryckte på axlarna. Jag också. Vi hade inte haft anledning att fundera på den saken förrän nu.

"Hindrat polisundersökning. Antagit annans identitet. De kanske misstänker dig för att ha mördat Susan eftersom hennes död var till din fördel."

"Det var till Christines fördel, inte min."

"Betona det under förhöret."

Hon log igen. Den här gången ironiskt.

"Christine kan hjälpa mig där. Hon hittade Susan. Men hon kanske har tappat förmågan att känna empati för sin mor."

"Gjordes någon obduktion av Susan?"

"Jag vet inte. Jag var redan på hemmet då. Det var bråttom att få mig ur vägen."

"Rapporterades hon saknad?"

"Antagligen. Men vem bryr sig om en gammal hora?"

"Hennes föräldrar till exempel."

"Det fanns bara hennes mamma. De hade inte pratat med varandra på åratal. Hon vägrade identifiera kroppen."

"Vem gjorde det i stället."

"Christine. Vem annars?"

Christine hade varit väldigt upptagen det senaste året. Vi fick veta att Margaret blivit uppmanad av sin dotter att vara försiktig så att hon inte avslöjade sin rätta identitet om polisen frågade. De få gånger Christine kommit på besök hade hon uppträtt som Susans dotter vilket var en risk för Susan hade ingen dotter. Men bluffen hade slunkit igenom. Inger på sedlighetsroteln skulle nog anklaga sig själv för att hon inte grävt djupare. Jag betraktade cigarretten på marken. Den hade brunnit färdigt och släppte ifrån sig en sista liten rökpuff. Som en påminnelse om alltings förgänglighet.

"Följde du fallet i tidningarna?"

"Nej, jag försökte förtränga allthop. Och att göra mig fri från drogmissbruket krävde all min styrka. Jag såg ut som hundra när jag anmälde mig på hemmet."

Kommentaren gav oss anledning att detaljstudera hennes drag. Hon såg strålande ut med tanke på det liv hon fört. Jens drog i en örsnibb.

"Jag vet inte om det är en realistisk tanke men du kan välja att fortsätta spela Susan."

Hon log på sitt charmiga sätt igen.

"Det är inte realistiskt. Det vore att byta en frustration mot en annan. Jag måste gå igenom det här och ta mitt straff."

Jag förstod att Jens också insåg att det var enda vägen ut. Hans förslag var bara markering av vänlig attityd. Hon vände sin blick så hastigt mot mig att det kändes som om hennes karisma värmde min kind.

"Christine hatade Bendow från det ögonblick hon lärde sig hata. Anklagade honom för att förstöra mig med droger. Men det var inte sant. Jag hade fått tag i dem någon annanstans. Han visste var man fick tag i högsta kvalitet. Han berättade aldrig var men han hade vänner på sjukhuset."

"Så han blev din langare av hänsyn till din hälsa?

"Låter idiotiskt men så var det. Lojal in i döden."

"Försåg han andra med droger?"

Absolut inte. Han hatade att göra det."

Det slog mig att vi fortfarande inte hade en riktigt klar bild av Bendow. Den välbärgade, strikte företagaren hade riskerat sin sociala position genom att sälja narkotika till en hora. Det lät inte klokt. Men när vi tittade tillbaka på fallet, vad lät klokt?

"Han måste ha varit väldigt förälskad i dig."

Hon tittade länge på mig som om hon försökte se in i min hjärna genom ögonen.

"Jag tror att han var det."

En sparv landade vid hennes fötter och tittade upp som om hennes karisma var magnetisk även för en liten sparv. Den flög en bit åt sidan när hon reste sig och nickade åt oss.

"Kommer vi att träffas igen?"

Jens reste sig också för att sträcka sig. Vi hade suttit ganska länge.

"Det vet man aldrig. Fråga efter kommissarie Robertson på polishuset. Han är på din sida. Vi skall ringa honom och förbereda."

Jag kunde nätt och jämnt hålla rösten och känslorna i schack.

"Säg mig, Margaret. Hatar du Christine för vad hon har gjort?"

Hon vilade sina vackra ögon på mitt ansikte.

"Nej, det gör jag inte. Vem kan klandra henne? Horans dotter."

Det syntes inget smärtsamt uttryck i hennes ansikte när hon vandrade iväg med bestämda steg. Vi följde henne med blicken tills hon försvann bakom en häck. Jens drog ett finger nerför näsryggen.

"Vad tycker du, boss. Förstärkte hennes uppdykande den magiska känslan eller löstes den upp som cigarrettröken?"

"Jag vet inte vad du tycker, magistern, men hon har för alltid ockuperat en kupé i mitt intellektuella tågsätt."

Han tittade på mig en lång stund.

"Intellektuella tågsätt?"

Jag log ansträngt.

"Det var det enda jag kunde komma på."

"Mänskligheten skall nog vara tacksam att du inte bestämde dig för en bana som författare."

Jenny dunsade ner bredvid mig. Jag skulle just meddela vad hon missat när hon knackade på sin mobil.

"Finns här alltihop. Inklusive det intellektuella tågsättet."

Jag förstod att jag lämnat stoff till en ny anekdot. Hon förklarade att hon filmat för att det var en sådan bra avrundning på fallet. Vi satt tysta och begrundade den egendomliga händelsen. Min blick hamnade på gravstenen igen. Jag läste noga.

"Vilket datum är det idag?"

"Den fjortonde."

Jag log melankoliskt.

"Vi glömde en sak."

Båda följde min blick.

"Glömde vad?"

"Att gratulera den återuppståndna på hennes födelsedag."

Andra böcker av GA Lorén:

Freddys Agentur
Sista Valsen
Styggt Jobbat
Kraschblandning
Förbaskade Tjej

Chicago Chick

Besök gärna www.galoren.se